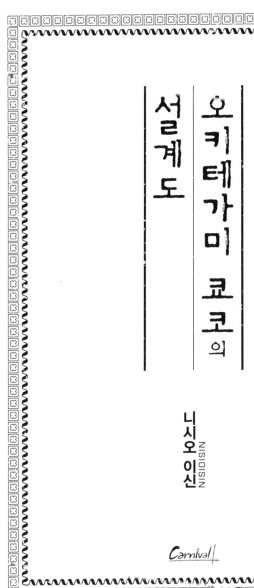

오키테가미 쿄코의 설계도

설계도

의

니시오 이신
NISIOISIN

Carnival

Okitegami Kyouko no Sekkeizu

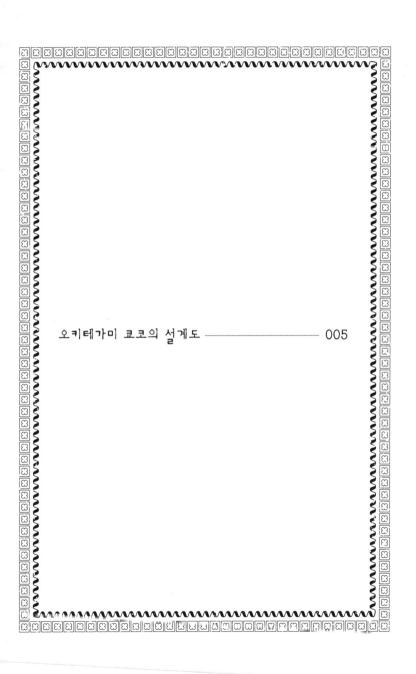

오키테가미 쿄코의 설계도

1

영상에 비친 것은 아주 평범하기 그지없는 입체 주차장이었다.

옥상에까지 자동차를 주차할 수 있는, 4층으로 된 투박한 주차장. ID 'curator-9010'이라는 창작자가 업로드한 이 재미없는 동영상이 어째서 〈아기 고양이 세 마리가 서로를 베개 삼아 자고 있는 영상〉에 이어 오늘의 재생수 2위 자리를 차지하고 있는지, 당신은 의아할 것이다. …하지만 그 의문은 금방 풀린다.

입체 주차장이 순식간에 불길에 휩싸이기 때문이다.

화재일까? 아니, 폭발한 거다. 안쪽에서.

당신은 신작 영화의 예고편이나 프로모션 같은 건가, 하고 놀라 기대고 있던 의자에서 몸을 떼고 들여다보지만, 그런 당신을 회피하기라도 하듯 영상은 홱 전환된다. 매우 난폭한 편집으로 등장한 것은 묘하게 꾀죄죄한 스키복에 스키모자를 착용하고 고글로 눈가를, 머플러로 입가를 가린, 지극히 익명성이 높은 인물이다.

물론 스키어skier는 아닐 것이다.

[어떠셨나, 나의 예술작품은.]

변조된 음성이 흘러나온다. 그 때문에 알아듣기는 어려웠지만 친절하게도 동영상에는 자막이 붙어 있었다. …곰곰이 생각해

부니 입체 주차장이 불타오르는 파트에서 폭음은 말끔하게 음소거 처리되어 있었던 것 같다.

스마트폰의 카메라 앱을 구사해서 제작한 것으로 추측되는, 초짜가 공들여 만든 티가 확 나는 동영상이기는 했지만 의외로 시청자를 세심하게 배려한 영상이다…. 당황스럽기는 하지만 그런 생각을 하며 물끄러미 쳐다보고 있자 영상 속의 인물은 [하지만 방금 전 것은 인사를 대신한 것에 불과하다.]라고 말을 이었다.

[조금 전 선보였던 것과 완전히 같은 스케일의 폭탄으로, 나는 오늘 마치무라시町村市 현대미술관을 폭파할 거다. 제한시간은 폐관 시간인 오후 8시. 방문객 여러분은 신속하게 대피하기 바란다.]

촬영자 겸 피사체인 인물은 그렇게 말하더니 자신을 향하고 있는 카메라를 약간 옆으로 돌렸다. …배경에 슬쩍 보이는 건물이 방금 언급한 그 미술관일까? 아무래도 늦은 밤에 촬영된 영상 같은데, 지금부터 저 건물에 시한폭탄을 설치하려는 걸까?

그때, 문득 생각이 났다는 듯이.

[나는 '학예사學藝±9010'.]

익명성이 높은 인물은 그렇게 자신의 이름을 밝혔다. 그게 이름이라고 할 수 있다면.

[부탁이다. 경찰이든 탐정이든 상관없다. 이 동영상을 보고

있는 당신이라도 좋아. 누구든 나를 막아 줘.]

　빨리 나를 막아 줘.

　거기서 동영상은 갑자기 끝났다. …끝나고 보니 1분도 채 되지 않는 영상이었지만, 다시 확인해 보니 〈데몬스트레이션 demonstration〉이라는 심심한 제목이 붙은 이 동영상의 재생수가 무려 〈아기 고양이 세 마리가 서로를 베개 삼아 자고 있는 영상〉을 제치고 1위에 등극한 참이었다.

　이건 정말 굉장한 일이라고.

2

　유라優良 경부는 "사망자가 나오지 않은 게 신기하군."이라는 감상을 늘어놓았다. …불타고 남은 입체 주차장을 올려다보며 내놓은 감상이다. 입체 주차장은 1층부터 옥상까지 한곳도 남김없이 새까맣게 탔는데, 이렇게 떨어진 곳에서 보니 안에 주차되어 있던 자동차들도 흔적도 없이 불타 참담한 모습이 되어 있었다.

　폭탄을 설치한 게 아니라 마치 미사일이라도 떨어진 것처럼 처참한 상태다. 이럼에도 사망자가 하나도 없다니, 희한한 정도가 아니라 기적처럼 느껴지기까지 했다.

　"시간이 잘 맞아떨어진 걸까요. 이 근처 기업들이 공동으로 사용하고 있는 직원 전용 주차장이라는 모양입니다."

먼저 현장에 도착해 있던 유라 경부의 파트너, 하라키原木 순사*가 설명했다. 그렇다, 대체 몇 대의 차가 폐차되었는지는 아직 불분명하지만 모든 운전자가 목숨을 건진 기적에는 그만한 이유가 있었던 것이다.

하지만 그렇다고 해서 가슴을 쓸어내릴 수는 없는 일이다. 이 입체 주차장을 폭파한 범인은 아주 건방지게도 다음 폭파를 예고했기 때문이다. 심지어 인터넷이라는 무대에서 대대적으로.

유라 경부 일행보다 더 멀찍이 떨어진 곳에서 새까맣게 타 버린 입체 주차장을 구경하고 있는 군중들 중에는 그 예고 동영상을 보고 달려온 자들도 많을 것이다.

'아니, 그 동영상을 봤다면 '다음 현장'으로 가 보고 싶으려나…?'

마치무라시 현대미술관이었던가. 그곳을 '다음 현장'으로 만들지 않는 것이 유라 경부의 임무였고, 그것을 위해 이렇게 대기하고 있는 것인데….

"아직 안에는 못 들어가는 건가? 제한시간도 있으니 나는 가능하다면 지금 당장이라도 현장검증을 하고 싶은데 말이지."

"안전 확인이 안 끝났으니까요… 아, 이제 끝난 것 같네요. 보

※순사(巡査) : 일본 경찰의 직위 중 하나. 한국의 순경에 해당된다.

세요."

재촉을 하기에 그쪽을 쳐다보니, 새까맣게 탄 입체 주차장의 출입구에서 한 여성이 태연하게 모습을 드러내고 있었다. 정확히 말하자면 한 여성과 두 마리의 개였지만.

찢어진 청바지에 파란 셔츠라는 간소한 패션. 찢어진 청바지는 너무 찢어져서 옷감이 절반 정도밖에 안 남아 있다. 긴 머리에 모델처럼 늘씬한 키, 큼지막한 선글라스를 낀 그 여성이 왼손에 쥔 목줄에는 골든 리트리버가, 오른손에 쥔 목줄에는 도베르만이 묶여 있었다. 물론 점심시간을 앞두고 개를 산책시키러 나온 게 아니라 현장검증을 하러 온 것이다. 29세의 젊은 나이로 폭탄 처리반의 에이스가 된 토비라이 아자나扉井あざな 경부보警部補다. 단, 데리고 있는 개 두 마리가 모두 화약 탐지견인 것은 아니다.

골든 리트리버 쪽은 안내견이다.

몇 년 전, 토비라이 경부보는 폭발물 처리 중에 양쪽 눈의 시력을 모두 잃었다. 그때는 모두가 은퇴하리라고 생각했지만, 놀랍게도 그녀가 폭탄 처리반의 진정한 에이스가 된 것은 그 후의 일이었다.

토비라이 경부보는 두 마리의 개를 파트너 삼아 위험지대를 유유자적 거닐었고, 그 때문에 동료들은 그녀를 '양견兩犬 아자나'라 불렀다.

'으음, 이름이… 뭐였더라. 골든 리트리버가 익스텐션이고… 도베르만이 매니큐어였던가? 반대였나?'

유라 경부가 그런 생각을 하는 동안, 딱히 말을 걸지도 않았는데 익스텐션(혹은 매니큐어)의 안내를 받아 가며 토비라이 경부보가 이쪽으로 다가왔다. 걸음이 꽤나 빨랐다.

"괜찮았습니다. 1층부터 옥상까지 한 바퀴 쭉 돌아보고 왔지만, 내부에는 이제 폭발물이 없어요. 좌우간 현장에 휘발유가 널려 있다 보니 실제 폭발보다 요란하게 불길이 치솟았던 것 같지만, 보아하니 무너져 내릴 걱정은 안 해도 될 것 같습니다. 다만 스프링클러가 뿌린 물 때문에 바닥이 매우 미끄러우니 조심하세요, 유라 경부님."

간소한 차림새 속에서 유일하게 자기주장을 하고 있는 듯한 높은 힐을 신은 그녀에게 바닥을 조심하라는 소릴 들을 정도면 현장 지휘관으로서 실격 아닐까? 빨리 안으로 들어가고 싶다고 떠들어 대기는 했지만 적어도 유라 경부에게는 아직 폭탄이 잠들어 있을지도 모르는 현장에 혼자 쳐들어갈 배짱이 없다… 라는 날카로운 지적처럼 들리기도 했다.

그리고 아직 한마디도 하지 않았음에도 이곳에 서 있는 이가 유라 경부라고 확신하고 보고하는 토비라이 경부보의 모습을 보고 새삼 감탄했다. 두 마리의 개를 거느린 그녀 본인 또한 개만큼 예리한 후각을 가졌다는 이야기도 아주 사실무근은 아닌 모양이다.

"참고삼아 말씀드리자면. 폭발물이 설치되어 있던 것은 2층 중앙구획, 우측에서 세 번째, 좌측에서 네 번째에 있는 밴의 내부였던 걸로 추측됩니다. …잔해가 남아 있으니 만약을 위해 육안으로 확인해 주셨으면 합니다."

"그렇게 자세히 알아내다니. 정말 대단하시네요, 토비라이 경부보님."

하라키 순사는 순수하게 감탄한 투로 말했지만 토비라이 경부보는 그 말을 듣고도 쑥스러워하지 않고 "칭찬은 부디 이 아이들에게 해 주세요."라면서 두 마리의 파트너를 가리켰다.

"저는 이 아이들을 따라간 것뿐이니까요."

"아, 으음…."

딱히 개를 무서워하는 것은 아니지만, 하라키 순사는 사람들이 일반적으로 상상하는 골든 리트리버와 도베르만보다 덩치가 한참 더 큰 두 마리를 보고 다소 겁을 먹은 듯한 눈치였다.

"괜찮아요. 경찰견이라고 해도 매니큐어는 화약 탐지 전문이라 얌전하고, 익스텐션은 맹인 안내견이지 맹견은 아니니까요."

그녀는 익숙한 농담이라는 듯이 말했지만 하라키 순사는 마땅한 답변이 떠오르지 않았는지 어정쩡한 미소를 지어 보일 따름이었다. 양쪽 모두 잘 훈련된 개라 짖거나 위협을 할 일이 없을 텐데도. 아무래도 이름은 골든 리트리버가 익스텐션, 도베르만

이 매니큐어가 맞았던 모양이다. 익스텐션도 매니큐어도 독신으로 혼자 사는 유라 경부와는 인연이 없는 단어인 탓에 몇 번을 들어도 외워지지가 않았다.

"자아. 그러면 저는 이대로 마치무라시 현대미술관 쪽으로 가볼게요. 그쪽 폭탄은 어떻게든 폭발 전에 발견하고 싶네요."

폭탄 처리반의 에이스다운 말이었다. 확실히 폭탄이 폭발한 구획을 정확하게 특정한들, 전문가가 진가를 발휘했다고 자랑할 만한 일은 아니다. 업로드된 동영상에서 예고한 폭파 시각은 미술관의 폐관 시간… 오후 8시다. 그때까지 폭탄을 찾아내 적절하게 처리해야만 한다.

'오전 11시가 지났으니 폭발 예고 시간까지 약 아홉 시간이 남은 건가….'

이미 직원과 방문객들의 대피는 종료되었고 현장 봉쇄도 완료되었을 테지만, 아직 폭탄 자체를 발견했다는 낭보는 들어오지 않았다. 물론 폭탄 처리반의 반장은 곧장 에이스를 수색에 투입하고 싶었을 것이다.

하지만 범인을 체포하기 위해서는 오로지 예고를 위해 폭파한 듯한 이 입체 주차장을 소홀히 할 수 없었기 때문에 그녀에게 이쪽 현장을 먼저 확인해 달라고 한 것인데, 그 일이 대충 끝났으니 토비라이 경부보는 곧장 본대에 합류해야만 하는 것이다.

"그럼 나중에 뵙겠습니다."

"미술관까지 가는 길은 아십니까?"

하라키 순사가 묻자 토비라이 경부보는 "네. 이 아이들이 데려가줄 거예요."라고 답했다. 그러자 하라키 순사는 화들짝 놀라서 말했다.

"서, 설마 개썰매를 타고 가시려고요?!"

"아뇨, 지하철로요."

3

막상 안에 들어가 보니 생각했던 것보다 심각했다. 처참한 광경이라 해도 과언이 아닐 것이다. 적어도 차를 좋아하는 유라 경부로서는 똑바로 바라보기가 힘든 광경이었다. 확실히 인적 피해는 전무했을지도 모르지만, 대체 피해 총액이 얼마나 될지 상상도 안 되었다. 멀쩡한 차체는 눈을 씻고 봐도 찾을 수 없고, 부품으로 재활용하는 것도 불가능할 거다. 친환경 정신이라고는 눈곱만큼도 없는 현장이다.

'이게 단순한 '데몬스트레이션'이었다니, 어처구니가 없군….'

"대체 무슨 목적으로 이런 짓을 한 걸까요, '학예사9010'은."

아무리 전문가인 토비라이 경부보가 안전을 확인해 주었다고는 해도 대규모 화재 현장이었던 곳에 발을 들이려니 겁이 나는지, 하라키 순사는 주변을 두리번거리며 쭈뼛쭈뼛 걸어서 유라 경부를 따라왔다. 벌벌 떠는 파트너의 태도가 다른 수사원들에게 악영향을 미치리라는 것은 알았지만 그 심정이 아주 이해가 안 되는 것은 아니니 넘어간다 쳐도, 이런 참상을 '예술'이랍시고 만들어 낸 범인을 '학예사9010'이라는 웃기지도 않는 이름으로 부르는 것은 용납하기 어려웠다.

"그냥 호시*라고 부르면 될 것을. 개자식도 상관없고. 꼭 원하는 이름으로 불러 줄 필요는 없잖아. 왜 '학예사'인 건데. '9010'은 또 뭐고."

"주로 작품을 소개하는 미술관 직원을 그렇게 부른다고 합니다. 뭐, 옛날에는 '학예원學藝員'이라고 부르기도 했다지만요. 영어로는 큐레이터라고 하고요."

"큐레이터… 동영상을 업로드한 ID가 그렇지 않았던가?"

"네에. 유라 경부님도 잘 알고 계시네요. 'curator-9010'. '학예사9010'이란 뜻이죠. 추측이지만 '9010'은 ID를 등록할 때 'curator'라는 ID가 이미 사용 중이라서 차별화를 위해 덧붙인 숫자 같습니다."

"의미 없는 숫자인가."

"의미는 없어도 말장난의 성격은 있는 것으로 보입니다. '9010'을 한자로 바꿔서 음독하면 '큐九, 레이零, 토十'… 큐레이토리얼

※호시 : 일본어로 '용의자로 점찍다'라는 말을 '메보시오 츠케루(目星をつける)'라고 하는데 여기서 별 성(星/호시)만 딴 것으로, 용의자를 이르는 은어이다.

curatorial이니까요."

　유라 경부는 파트너가 쭈뼛거리는 태도인데 비해 의문점에 관해 또박또박 답하는 게 의아했지만, 아무래도 그런 암호 해독에 관한 논의는 이미 인터넷에서 활발하게 이루어지고 있는 듯했다.

　예고된 진짜 폭파 장소가 미술관이라는 점으로 미루어 볼 때, '학예사9010'을 자칭한 범인은 미술 관계자가 아닐까, 혹은 그야말로 학예사인 건 아닐까, 라는 다소 성급한 추리도 이루어지고 있는 모양이다.

　범행 예고가 인터넷 동영상으로 행해지고 수사 정보도 인터넷으로 수집하는 걸 보고 있자면 낡은 타입의 경찰인 유라 경부는 갈수록 입지가 좁아지는 듯한 느낌이 들었다. 언제까지 이렇게 현장에 붙어 있을 수 있을까.

　'세대 차이가 느껴져서 주눅이 드는군. '호시'라는 말도 하라키 같은 젊은 녀석들한테는 고리타분하고 꼴사납게 보일 수도 있겠어….'

　일단은 늙은이가 점잖게 양보해 주는 게 좋으려나. 그렇다 쳐도 '학예사9010'은 너무 길다. 게다가 범인의 의도대로 놀아나는 것 같아서 아니꼽다.

　"실제로 미술관에서 일하고 있는 직원에게 탐문할 때 일이 복잡해질지도 모르니. '9010'이라고 하지."

"알겠습니다, 유라 경부님."

하라키 순사가 답했다. 사회성이 좋은 친구다.

"아무튼, 경부님은 '9010'의 목적이 뭐라고 생각하십니까? 이렇게 엉뚱한 짓을 하는 범행 동기 말입니다."

"현재까지는 장난을 목적으로 한 유쾌범으로 볼 수밖에 없을 것 같군. 그런 영상을 업로드해 놓고 요구다운 요구도 없으니 말이야."

"미술관에 모종의 원한을 품은 자의 범행일 가능성은요?"

"그랬다면 예고 없이 미술관을 폭파하면 그만이잖아. 데몬스트레이션을 할 필요도 없지. 하지만 글쎄, 동영상으로 공표하지 않았을 뿐 '9010'이 미술관과 비밀리에 접촉해서 협박을 하고 있을 가능성은 있겠지. 예고대로 폭파되기를 원치 않는다면 귀중한 그림이나 값비싼 조각을 내놓으라는 식으로⋯."

유라 경부는 아직 마치무라시 현대미술관에 어떤 예술품이 전시되어 있는지 세세하게 조사하지 않았기 때문에 그 부분은 어디까지나 상상에 불과했지만⋯. 그런 이야기를 하다 보니 처리반의 토비라이 경부보가 폭탄이 설치되어 있었다고 지적한 2층 중앙구획에 도착했다.

폭탄은 자동차에 설치되어 있었다고 들었는데⋯. 그것만으로 자동차에 대한 모욕이라는 생각이 들어 유라 경부는 속이 뒤집히는 것 같았지만, 아무튼 그런 사전지식을 갖고 보니 확실히 이곳이 폭심지인 듯했다.

흔적조차 남지 않은 수준은 아니지만 그 밴은 정말 흔적밖에 남아 있지 않았다. 그곳에는 사전에 정보를 듣지 않았다면 그것이 원래 자동차였다는 사실을 알 수 없을 정도로 녹아 버린 고철덩이가 있었다.

"토비라이 경부보님의 말에 따르면 이… 차량에 폭탄이 설치되어 있었다고 하는데, 그럼 달랑 폭탄 하나에 입체 주차장 전체가 이렇게까지 막대한 피해를 입었다는 걸까요? 대체 폭탄의 위력이 얼마나 엄청났기에….."

하라키가 겁에 질린 듯한 투로 말했지만 유라 경부는 그 반대가 아닐까 생각했다. 폭탄의 위력이 엄청났다면 폭심지에 있던 차량이 고철덩이가 되는 데서 그치지 않고 이 주변의 바닥이며 천장이 무너져 내렸어도 이상할 게 없다.

오히려 범인은 **최소한의 폭발**로 이만한 피해를 불러 일으켰다고 보아야 하리라. 주로 인근 기업의 직원용으로 임대되었다는 이 입체 주차장은 폭발 당시, 거의 만차滿車 상태였다. 다시 말해서 휘발유 탱크가 구석구석까지 퍼져 있어 불이 옮겨 붙기를 반복했을 테지만, 동영상에서는 전체가 단숨에 폭발한 것처럼 보이기도 했다. 하지만 엄밀히 따지면 그것은 폭발이라기보다는 인화引火 현장이었으리라.

실제로 스프링클러 덕에 화재 자체는 금방 진화되었다. 벽면 전체가 새까맣게 그을리기는 했지만 대량의 고철덩이만 철거하면 입체 주차장은 내일이라도 영업을 재개할 수 있을 것이다. 폭파 데몬스트레이션에 사용된 입체 주차장과 계약을 갱신하려는 기업이 있을 경우의 이야기지만….

다이너마이트나 수류탄도 사실 폭발의 위력 자체는 대단하지 않고, 폭풍爆風과 그로 인해 발생되는 파편으로 파괴의 규모를 증폭시킨다는 모양이다.

"동영상에서 '9010'은 같은 스케일의 폭탄을 설치하겠다고 했었죠? 그 말인즉 진짜 표적인 미술관에도 같은 짓을 해서… 최소한의 화력으로, 최대한의 효과를 거두겠다는 뜻일까요."

"이곳에 있는 차량들을 파괴한 것처럼 미술관의 미술품들을 전멸시킬 속셈인가? 미술관에는 휘발유 탱크가 없을 테니 대체 수단을 마련해서…? 도대체 목적이 뭐지?"

역시 유쾌범일까 싶어서 자신도 모르게 파트너에게 화풀이라도 하듯 거칠게 말하고 말았다. 하지만 꿋꿋한 요즘 젊은이는 "목적은 둘째 치고 요구 비슷한 건 있지 않았나요?"라면서 자신의 의견을 내놓았다.

"왜, '나를 막아 줘'라고 했잖습니까."

"멍청아. 그건 요구가 아니라 도발이잖아."

경찰이든 탐정이든 상관없다. 누구든 나를 막아 줘.

뭐, 만약 그게 요구라면 부탁과는 무관하게 막아 주고말고.

내친김에 숨통도 끊어 줄 수 있다.

"폭탄은 차량 내부에 설치되어 있었을 거라고 토비라이 경부보가 말했었지? 다시 말해서 보닛 안, 엔진룸 같은 데 설치해 뒀다는 건가?"

"엔진룸에 넣을 만한 공간이 있을까요? 최소한의 화력이라도 폭탄은 폭탄 아닙니까. 잔해만 남아서 단언할 수는 없지만 밴이니 짐칸에 실었다 해도 이상할 게 없지 않을까요."

그것도 그런가. 그런 식으로 치면 운전석이나 조수석이라도 상관이 없다. 차량 소유자가 돌아오기 전으로 폭파 시각을 설정하면 그만이니까. 계약 주차장이니 그 정도 예측은 그리 어렵지 않을 것이다.

"목격자는 없나? 사상자가 없다고 했는데, 사건 당일 주차장의 관리인이나 경비원은 없었던 건가?"

"그게, 폭파 시각에는 1층 관리실에 경비원 두 명이 있었다고 하는데, 경비 회사가 긴급 호출을 해서 둘 다 건물에 없었다고 합니다. …네, 우연이 아니죠. 경비 회사는 소집 명령을 하지 않았다고 하니까요."

운 좋게 걸려 온 장난전화일 리도 없다.

명백하게 '9010'의 짓이다. 폭탄을 설치하는 장면을 목격당하지 않기 위해서였나? 아니, 그렇다기보다….

"'9010'은 '사상자 0명'에 집착한 게 아닐까요."

하라키 순사도 같은 생각을 한 모양이다.

아무리 직원 전용 주차장이라도 미리 계획하지 않았다면, 희생자가 한 사람도 나오지 않았을 리가 없잖습니까. 게다가 미술관 폭파 예고에도 제한시간이라는 이름의 유예를 둔 건, 같은 이유 때문이 아닐까요? 방문객이나 직원들이 무사히 대피할 시간을 준 거죠….″

목적은 어디까지나 전시품이라는 건가.

'9010'이 사람을 살상하지 않는 것을 미학으로 여기고 있다면, 그런 나르시시즘은 정상참작의 여지가 되지 않는다는 사실을 알려 주는 수밖에 없으리라.

수백 대의 차량을 불사른 것도, 예술작품에 그와 같은 짓을 하려는 것도, 살인에 필적하는 용서받지 못할 큰 범죄다. …뭐, 예술작품 쪽은 잘 모르겠지만 아마도 실행될 경우의 피해 총액은 이 입체 주차장의 그것과 비교도 안 될 거다.

″어쨌건 사상자가 전무한 대신 목격자도 전무한 건가.″

현장검증을 시작한 감식반을 곁눈질하며 유라 경부는 탄식했다. 이렇게 새까맣게 탄 현장에서 지문이나 발자국 따위가 나올 리가 없지만 어떻게든 범인을 특정할 만한 증거를 찾지 못하면 제2의 폭파가 일어나고 말 것이다.

아니, 어쩌면 제3, 제4의….

″…유라 경부님. 분명 목격자는 없는 것 같지만… **지금부터**

확인할 수는 있을지도 모릅니다."

그때.

하라키 순사가 의미심장한 소리를 하며 바닥이나 벽과 마찬가지로 검게 그을린 천장의 구석을 가리켰다. 시선을 돌려 보니 그곳에는 방범 카메라가 설치되어 있었다. 정확히는 원형을 상실한 방범 카메라의 잔해가 매달려 있었다.

4

설령 방범 카메라가 현장을 쉼 없이 비추고 있었다 해도 폭발로 시작된 불길은 관리실까지 불살라 버렸으니 영상 테이프도 못쓰게 되었을 거라는 생각 때문에 유라 경부는 별다른 기대를 안 했었지만, 이는 구시대 형사의 괜한 걱정에 불과했는지 요즘 방범 카메라는 영상을 테이프라는 구시대의 유물에 기록하지 않는 모양이었다.

알고 보니 촬영된 영상은 무선으로 까마득히 먼 해외 서버로 암호화되어 전송되는데, 입체 주차장의 경비원은 컴퓨터에 ID와 비밀번호를 입력하는 절차를 밟아 그 영상에 접속하여 주차장 내부 상황을 확인하고 있었다는 듯했다. 자신이 상주하고 있는 건물 내부를 감시하는 데 엄청나게 복잡한 경로를 거치고 있다는 생각이 들지 않은 것은 아니었지만, 그 덕분에 유라 경부는 경비 회사에 접촉해서 비상용 ID와 비밀번호를 입수하여 하라키 순사가 개인적으로 가지고 있던 12.9인치 태블릿 PC를 통해 범행 당시의 카메라 영상을 볼 수 있었다.

하지만 편리한 시대가 되었다고 순순히 감탄할 수는 없었다. 거꾸로 생각하면 '9010'이 모종의 수단으로 이 ID와 비밀번호를 입수해서 입체 주차장 내부의 상황을 세계 어디에서든 상시 확인할 수 있었을 가능성도 있기 때문이다.

'9010'이 사람이 없는 시간대를 노려 폭파했다는 가정이 옳다면 그랬을 가능성은 결코 낮지 않다.

거짓 호출 전화로 경비원을 멀리 떨어뜨려 놓고 방범 카메라의 데이터에는 관심이 없었다면 '사상자를 내지 않는 범행'에 도취되어 있다는 예상도 아주 빗나간 것은 아니리라. 디지털 기술의 발전으로 수사 수법이 갈수록 진보하고 있는 한편, 범행 수단도 현격한 성장세를 보이고 있는 것이다.

어쨌든 문제의 방범 카메라에 찍힌 폭발 시각의 영상을 태블릿 PC의 주인과 함께 감상하고 알아낸 사실과 알 수 없는 것이 있었다. 알아낸 사실은 폭발물 탐지의 전문가인 토비라이 아자나 경부보의 예상이 정확하게 맞아떨어졌다는 것이다.

흑백 영상이기는 했지만 과거의(뭐, 오늘 새벽의 일이었지만) 밴이 아무런 전조도 없이 내부에서부터 폭발하여 주변에 있던 차량들을 휘말려 들게 하는 모양새로 불길이 퍼져 나가는 모습이 똑똑히, 또렷하게 기록되어 있었다. …그리고 1초 후에는 카메라도 날아가 버린 것인지 영상이 끊겼다.

폭발 순간을 슬로모션으로 다시 확인해 보니, 폭탄은 아무래도 보닛이 아니라 짐칸 쪽에 설치되어 있었던 모양이다.

해외 서버까지 경유한 끝에 겨우 시력을 잃은 토비라이 경부보가 한 시간도 채 되지 않는 현장검증으로 특정해 낸 일들에 도달했다는 사실에서 현대 기술의 아이러니를 느끼지 않을 수 없었지만, 어쨌든 이게 '알아낸 사실'이라면 '알 수 없는 것'은 '9010'의 정체였다. 영상을 되감아 보면(곰곰이 생각해 보니 '되감기'라는 표현 자체도 구시대에 있던 테이프의 자취에 불과한 듯했지만) 밴에 폭탄을 설치하는 '9010'의 모습이 찍혀 있을 것이라고 기대했지만, 방범 카메라의 영상에는 그 결정적인 순간이 담겨 있지 않았다.

적어도 눈으로 확인할 수는 없었다.

밴이 그 위치에 주차된 시각부터 폭파 시각까지의 영상을 빨리 감기('빨리 감기'라는 용어는 아직 쓰이고 있을까?)로 확인해 보았지만 짐칸에 접근해 손을 대는 사람은 아무도 없었다. 놓친 부분이 있는 걸까? 일반 재생속도로 꼼꼼하게 보아야 하나? 하지만 시시각각 제한시간이 다가오고 있는 상황에, 정지된 차량의 영상을 약 두 시간에 걸쳐 응시하고 있을 여유는 없다.

"관심이 없었던 게 아니라 '9010'은 방범 카메라에도 모종의 수작을 부렸던 건가?"

"가짜 녕상을 서버로 보냈다거나, 서버를 해킹해서 영상을 편집했다거나 하는 식으로 말입니까? 글쎄요. 매우 높은 수준의 IT기술이 필요할 텐데… 업로드된 예고 영상의 완성도가 낮은 것으로 미루어 볼 때, 애초에 '9010'의 편집 능력은 '매우 뛰어나다'고 하기 어려울 것 같은데요…."

뭐, 이런 건 젊은 감성을 가진 사람의 의견이 옳을 거다. 유라 경부는 지식도 없이 그럴싸한 말을 해 본 것뿐이니.

하지만 부정적인 소리를 하면서도 완전히 불가능하다고 단언할 수는 없는 모양인지, 하라키 순사는 "그렇다면 역시 일반 재생으로 편집된 듯한 흔적을 찾아볼 수밖에 없겠네요."라고 말했다. …듣기만 해도 넌더리가 나는 방침이다.

시곗바늘은 어느샌가 정오를 지나 있었다. 이제 여덟 시간도 남지 않은 것이다. 그중 4분의 1을 거의 정물화에 가까운 영상을 들여다보는 의식에 바치라고? 하지만 다른 단서가 없다는 것도 사실이다. 젠장, '9010'은 투명인간이라도 되나? 아니면 눈으로 좇기 어렵거나, 카메라에도 찍히지 않을 만큼 빠른 속도로 폭탄 설치가 가능한 마술사인가?

"…미술관 쪽은 어떻지? 설치된 시한폭탄이 발견됐다는 보고는 아직 안 들어왔나?"

"안 들어왔네요…. 토비라이 경부보가 이제야 현장에 도착했을까 말까 한 시간인 것 같은데요."

그렇게 술술 풀릴 리가 없나.

이쪽은 이쪽대로 전력을 다하는 수밖에 없다.

"…어쨌든 처음부터 다시 빠르게 재생해 보지. 밴이 주차되고서부터 산산조각이 날 때까지. …단, 속도는 조금 느리게 해서."

"알겠습니다. 좀 전에는 8배속으로 돌렸지만 이번에는 4배속으로 재생해 보겠습니다."

그렇게 해도 30분이나 걸리는 셈인가. 상황이 상황이라 시간 낭비를 하는 것 같아 속이 바짝바짝 타들어 간다. 하지만 이 수고를 젊은이에게만 떠맡겨 둘 수는 없는 일이다. 바보 같은 일이기는 하지만 최대한 눈을 깜박이지 않고, 태블릿 PC에서 시선을 떼지 않고, 우직하게, 마치 매직 아이를 볼 때처럼 무언가가 튀어나오기를 기대하면서….

"잠깐!"

재생을 시작함과 거의 동시에 유라 경부는 하라키 순사를 제지했다. 갑자기 큰 소리를 치자 당황한 듯한 파트너에게 유라 경부는….

"밴의 소유자에게 연락은 되나?"

…라고 물었다.

"네? 아, 네. 그게… 이 차뿐 아니라 고철덩이가 된 모든 차량의 소유자들에게 연락을 취하고 있는 중입니다. 피해자는 통

구이가 된 차량의 수만큼이나 많지만, 그렇게나 대대적으로 동 영상을 공개했음에도 아직 사건에 관해 모르는 사람이 적지 않은지 소유자를 찾는 데 어려움을 겪고 있는 차량도 있다고 합니다. …하지만 계약 주차장이라 대부분은 금방….”

“밴의 소유자를 최우선적으로 알아내. 이야기를 좀 들어 보지.”

“…밴의 운전자라면 이 영상을 보고 ‘9010’과 연관된 힌트를 알아낼 수 있을 거라고 보시는 겁니까?”

“아니.”

그렇게 말하고서 유라 경부는 태블릿 PC 화면에 표시된 영상으로 다시 시선을 돌렸다. 운전자가 주차한 밴에서 내리려 하는 순간에 정지된 영상으로. 방범 카메라의 열악한 화질로도 알 수 있을 만큼, 척 봐도 수상해 보이는, 의심해 달라고 온몸으로 외치는 듯한, 키가 크면서도 새우등을 하고 있는 남자였다.

“운전자가 ‘9010’이야.”

5

“탐정을 부르게 해 주세요!”

장소를 바꾸어 경찰서의 취조실.

임의동행으로 연행된 거한, 카쿠시다테 야쿠스케隱館厄介는 소유한 차량이 불탄 피해자가 아니라 폭탄마로서 사정청취를 받게 되었음을 알아채자마자 그렇게 외쳤다. 비통한 외침이기는 했지만 어쩐지 그런 소리를 하는 게 익숙해 보이기도 했다. …그렇게 생각하자 그 청년은 시종일관 눈에 띄게 쭈뼛거리고는 있어도 어딘가 침착해 보였다.

'탐정?'

변호사가 아니고?

솔직히 말해서 밴의 소유자이자 택배 회사에서 근무하는 카쿠시다테 야쿠스케의 프로필을 뽑아서 보았을 때는 '잡았구나' 싶었다. 체포 이력이 산더미처럼 많았기 때문이다. 그것도 동네 뒷산 같은 게 아니라 후지산이나 에베레스트 같은 산이 산맥을 이루고 있다고 표현해도 지장이 없을 정도다.

온갖 죄목으로 체포되었다 해도 과언이 아니다. 나이는 겉보기보다 적어서 25세라는데, 체포 횟수는 그보다 훨씬 많았다. 미죄微罪 처분*된 건까지 합치면 세 자릿수를 넘는다. 때문에 요청한 자료는 두께가 A4사이즈에 달할 정도로 두꺼웠다. 자세히 들여다볼 엄두도 나지 않는다.

어째서 이런 인간이 사회에서 활개를 치고 있는 걸까 싶었지만 자료를 대충 훑어보니 카쿠시다테 청년은 여러 차례 체포되기는 했어도 기소된 적이 한 번도 없었다. 모든 죄목이 불기소

※미죄 처분 : 죄가 경미하여 공소를 제기하지 않음.

로 끝나 있었던 것이다.

뭐야, 이 자식은. 대통령 아들이라도 되나?

유라 경부는 '그렇지 않다면 어지간히 실력 좋은 변호사라도 전속 고용한 거겠지'라고 마음의 준비를 하고서, 그렇다면 이번 에야말로 끝장을 내 주겠다고 의욕을 불사르며 취조에 임했는데, 자백 권유를 받은 카쿠시다테 청년은 탐정을 부르게 해 달라고 한 것이다.

'그러고 보니 '9010'은 예고 동영상에서 '누구든 나를 막아 줘'라고 도발할 때, '경찰이든 탐정이든 상관없다'고 나불거렸지….'

하지만 그래도 권리는 권리니 아주 무시할 수는 없는 일이다.

게다가 이번 건에 관해서는 아직 체포 영장이 나오지도 않았다. 물적 증거가 없으니 어디까지나 참고인 신분인 것이다. 설령 시간을 끄는 전술이라 해도 전화를 걸지 못하게 할 수는 없다. …나 참, 제한시간은 시시각각 다가오고 있는데.

퉁명스럽게 "마음대로 하시죠."라고 대꾸하자 카쿠시다테 청년은 잽싸게 휴대전화를 꺼내어 주소록을 열었다. 그리고 문득 생각이 난 듯….

"으음, 이 사건은 오늘 중에 해결돼야만 하는 사건이죠?"

그런 새삼스러운 질문을 던졌다.

뻔뻔스럽게 무슨 소릴 하는 거냐고 고함을 치고 싶은 충동을 억누르며 "네에. 정확히는 오늘 오후 8시까지죠."라고 답했다. 그 말을 어떻게 받아들인 것인지는 모르겠지만 카쿠시다테 청년은 "그렇다면 쿄코 씨를… 가장 빠른 탐정을 부르는 수밖에 없겠어."라면서 다시 휴대전화를 조작하기 시작했다.

'쿄코 씨?'

가장 빠른 탐정?

아니, 아무래도 상관없다. 그보다 가능하면 그 탐정이라는 작자가 도착하기 전에 이 용의자를 자백시키고 싶다. 일단 그 '가장 빠른 탐정', '쿄코'라는 작자에 대한 정보를 수집하라는 명령을 하라키 순사에게 내린 후, 통화를 마치고 한숨을 돌리고 있는 카쿠시다테 청년에게….

"괜히 저항하지 말고 되도록 빨리 자백하는 게 신상에 이로울 겁니다, 카쿠시다테… '9010' 씨."

그렇게 말을 붙였다.

위압만 할 게 아니라 잘 타일러서 빈틈을 만들자.

기계로는 못 할 일을 하자.

"네에…?"

카쿠시다테 청년은 당황한 듯한 표정이었다. 대단한 배우 납셨군, 이라는 생각에 어이가 없었지만 유라 경부는 말을 이었다. 분노를 억누르기 힘들긴 했지만 이쪽도 대단한 배우가 되어서 맞서야만 한다.

"분명 방범 카메라에 당신의 모습은 찍히지 않았지만, 잔재주를 부려 봐야 당신은 본인이 '9010'이라고 말하고 있는 것이나 다름이 없습니다. …모르시겠습니까?"

그렇게 물어도 묵비권을 행사하려는 것인지 카쿠시다테 청년은 침묵을 지켰다. 아니면 이렇게까지 말했는데도 그는 아직 자신이 어떤 실수를 범했는지 못 알아챈 것일까. 시치미를 떼기에는 너무나 결정적인 실수를 했는데도.

"그 주차구획에 주차되고서 짐칸에 있던 폭탄이 폭발할 때까지 밴에 접근한 수상한 자는 없었습니다…. 하지만 단순하게 생각해 보면 알 수 있는 일이죠. 굳이 폭탄을 주차장의 사건 현장에서, 곳곳에 방범 카메라가 있는 장소에서 보란 듯이 설치할 필요는 없습니다. …그것 자체는 자택 주차장에서도 할 수 있는 작업이니까요."

처음부터 폭탄을 싣고 오면 그만이다.

그렇게 하면 방범 카메라에 찍히는 것은 피할 수 있다. 하지만 뒤집어 생각해 보면 그 작업을 할 수 있는 것은 밴을 운전해 온 운전자뿐이다.

그 주차구획에 주차한 인물.

밴에서 내려 입체 주차장을 떠나간 인물… 키가 크고 새우등을 하고 있는 남자. 다시 말해서 유라 경부의 눈앞에 있는 청년, 택배 회사에서 근무하는 카쿠시다테 야쿠스케였다.

"짐칸에 폭탄을 실은 당사자가 몰랐다고 변명한들 통할 것 같습니까?"

"아니, 글쎄, 폭탄 같은 건 정말로 없었다니까요. 짐칸에는 아무것도 안 실려 있었습니다. 텅 비어 있었다고요."

카쿠시다테 청년이 몸짓 손짓을 섞어 가며 변명했다.

저렇게 뻔한 거짓말을 하다니. 슬슬 불쌍해지기 시작했다.

체포 이력에 남은 수많은 일들을 계속해서 대통령의 비호로 무마하다 보니, 어느샌가 죄책감은 물론이고 죄를 저질렀다는 사실 자체를 잊게 된 것이다. 자신은 정말로 안 했다고 굳게 믿고 있다. 자신에게 불리한 사실은 쳐다보려고도 하지 않는다. 잘못을 인정한다는 개념 자체가 없다. 이래서는 체포 영장이 나온다 해도 제한시간까지 폭탄의 행방을 자백하게 하는 건 어려울지도 모른다.

이 불쌍한 남자는 이미 그런 범죄 행위를 저질렀다는 사실 자체를 망각했으니, 분명 설치 장소도 잊었을 것이다.

"아뇨, 저는 누명 체질이지 망각 체질은 아니라서요…."

"망각 체질?"

뭐야, 그건. 영문을 알 수 없는 소릴 해서 수사진을 혼란에 빠뜨릴 속셈인가? 어림도 없지. 범죄 사실을 완전히 잊었다고 주장할 셈이라면 수단과 방법을 가리지 않고 기억나게 해 주지.

힘을 써서라도….

"저기, 유라 경부님."

충동에 몸을 맡겨 유라 경부가 넘어서는 안 될 선을 넘으려던 순간, 하라키 순사가 취조실로 돌아와 사이에 끼어들었다. 벌써 '가장 빠른 탐정'이라는 작자에 대한 조사 결과가 나온 건가?

그런데 그게 아니었다.

'나온' 게 아니라 '온' 것이다.

"접수처에 오키테가미 탐정 사무소 소장, 오키테가미 쿄코 씨가 오셨습니다."

"뭐어?"

자신도 모르게 얼빠진 목소리가 나오고 말았다.

전화를 건 지 5분도 안 됐는데?

"가장 빠른 탐정이니까요."

카쿠시다테 청년이 말했다. 시종일관 쭈뼛거리고 있던 그가 어째서인지 그 말을 할 때만큼은 의기양양해 보였다.

6

경찰서에 있는 친구로부터 아무래도 카쿠시다테 야쿠스케가 오키테가미 쿄코를 호출한 것 같다는 이야기를 듣고, '학예사 9010'은 가슴을 쓸어내렸다. …사실 이번 계획에서 가장 위험한 부분은 여기라고 생각했었기 때문이다.

가장 아슬아슬한 부분이었다.

카쿠시다테 야쿠스케가 오키테가미 쿄코 이외의 탐정에게 의뢰할지 모를 일이고, 애초에 수사진이 카쿠시다테 야쿠스케를 용의자로 취급하지 않을 수도 있었다. 방범 카메라에 찍힌 영상을 보고 아무것도 못 알아챌지도 모를 일이고, 애초에 범행 현장이 담긴 영상이 서버에 보관되어 있다는 사실도 제한시간까지 못 알아챌지 모른다. 가능성을 나열하자면 끝이 없을 테고, 그 모든 일에 대처하는 건 불가능하다.

물론 나름의 승산은 있었다.

폭탄을 설치할 차량을 선택할 때, 카쿠시다테 야쿠스케의 차를 선택한 것은 그가 수많은 누명을 써 온, 의심을 사는 일에 있어서는 견줄 자가 없는 원죄冤罪 마스터이기 때문이었고, 그런 그가 오키테가미 탐정 사무소의 단골이라는 사실도 알았기 때문이다.

제한시간을 건 이상, 자신을 보호할 수단으로 유명한 명탐정의 연락처를 주소록에 수집하고 있는 카쿠시다테 야쿠스케는 이번 누명을 벗겨 줄 탐정으로 분명 '가장 빠른 탐정'을 선택하리라 믿고 있었다. …하지만 '학예사9010'은 자신이 내린 판단에 좋은 점수를 주는 법이 없었다.

인색하다고 할 수준은 아니지만 짜게 주는 편이다.

잘해야 50대 50일 것이라 생각했다.

사람의 움직임은, 하물며 마음은 완벽하게 조종할 수 없다. 폭탄과는 다르다.

설령 모든 일이 의도한 대로 흘러간다 해도 **그 특성** 때문에 사전 예약이 불가능한 오키테가미 탐정 사무소에 오늘 다른 업무가 있었다면 그것만으로 모든 것이 허물어졌을 것이다. …아무튼 안심했다.

이로써 계획대로 마치무라시 현대미술관 폭파에 전념할 수 있다.

설계도대로.

이제 입체 주차장 쪽은 내버려 둬도 된다. 그쪽 일은 어떻게 되든 상관없다. 수사를 하든 말든. 그보다 지금부터는 미술관으로 달려간 폭탄 처리반의 면면들을 정성껏 농락해 주어야만 한다.

고비를 넘기고 확신을 얻은 '학예사9010'은 의기양양한 미소를 지었다. …한참 전부터 소중히 품고 있었던 기획을 드디어 실현할 수 있게 된 큐레이터처럼.

7

하얀 머리에 예상했던 것보다 훨씬 어린 데다 척 봐도 얌전할 것 같은, 안경을 쓴 차분한 분위기의 여성이 나타났다. 베이

직 트렌치코트에 줄무늬 셔츠, 통이 넓은 바지에 힐을 신은, 취조실과는 어울리지 않는다고 말할 수밖에 없을 만큼 패셔너블한 탐정이었다.

"처음 뵙겠습니다. 탐정인 오키테가미 쿄코입니다."

처음 뵙겠습니다?

이상한 소릴 하는군. 유라 경부는 둘째 치고 의뢰인인 카쿠시다테 청년한테도 처음 만난 사이처럼 인사를 하다니.

이 피의자는 만난 적도 없는 탐정을 자신이 궁지에 처한 상황에 부른 건가? 그 많은 죄목을 모두 불기소로 몰고 간, 절친한 탐정에게 도움을 구한 게 아니었나? 실력 좋은 변호사에 필적하는 무죄 청부인 탐정 말이다. 하지만 그러한 의문은 하라키 순사가 슬그머니 내민 쪽지를 읽자 해결되었다. …망각 탐정이라.

아무래도 '가장 빠른 탐정'이라는 단어에 관한 사전 조사도 결코 한발 늦은 건 아니었던 모양인지, 하라키 순사는 오키테가미 쿄코가 망각 탐정이라는 사실까지는 알아냈다. 하루마다 기억이 초기화되는 비밀 유지 의무를 절대 엄수하는 탐정. 어떤 사건이든 하루 이내에 해결하는 가장 빠른 탐정.

메모에는 그런 그녀의 캐치프레이즈가 적혀 있었다. …과연, 사건의 내용은 물론이고 의뢰인까지 잊어버리는 탐정이라. 기묘한 탐정도 다 있다 싶지만, 유능하다는 것은 분명한 사실인 모양이다. 카쿠시다테 청년의 수많은 죄목을 불기소로 몰고 갔을 뿐더러 지금까지 몇 번이나 경찰에 수사 협력을 한 경험도 있다는데(본인은 잊었지만), 그래서인지 메모 끄트머리에는 '서장님께서 쿄코 씨에게 실례가 없도록 하라고 당부하셨습니다'라는 하라키 순사의 주의 문구가 적혀 있기도 했다.

무려 '쿄코 씨'란다.

현장 담당인 유라 경부 같은 이들만 모를 뿐, 법 집행 기관의 상층부에서는 그야말로 공공연한 비밀인 모양이다.

경우에 따라서는 정중하게 퇴장해 달라고 부탁할까 했는데, 그럴 수는 없을 것 같다. 카쿠시다테 청년은 쿄코 탐정이 등장하자 천군만마라도 얻은 듯 기쁜 얼굴을 하고 있었다.

"잘 부탁드립니다, 쿄코 씨! 제발 저의 누명을 벗겨 주세요!"

"네. 할 수 있는 일은 하도록 하죠, 카쿠시다테 씨. 물론 당신이 무죄일 경우에는 말이에요."

탐정 쪽은 미소를 짓고는 있어도 쌀쌀맞았다. 몇 번째 의뢰건 어디까지나 처음 만나는 사이처럼 대하는 모양이다.

"자, 그럼. 오자마자 죄송하지만 유라 경부님, 방범 카메라 영상을 보여 주실 수 있을까요? 이곳에 오는 동안 가능한 만큼의 정보 수집은 했지만, 그걸 보기 전에는 일을 진행할 수가 없어서요."

가장 빠른 탐정은 인사도 대충 하고 곧장 본론에 들어갔다. 여기서 버텨 봐야 무의미하겠지. 오히려 움직이지 않는 증거를 내

밀면 탐정을 이쪽으로 끌어들일 수 있을지도 모른다는 덧없는 기대에 희망을 걸어 보는 수밖에 없다.

적어도 변호사라면 '순순히 죄를 인정하시는 게 좋을 겁니다' 하고 의뢰인을 설득하는 단계로 넘어갈 만큼의 재료는 갖춰졌다. 미술관 폭파가 미수로 끝나면 배상금 쪽은 둘째 치고 살아 있을 때 형무소에서 나올 수는 있을지도 모른다. 조부모의 임종은 지키지 못해도 부모의 임종은 지킬 수 있을 거다.

하라키 순사에게 지시해서 그의 태블릿 PC로 방범 카메라 영상을 재생시켰다. 8배속으로 봐도 15분이 걸리는 영상이었지만, 빨리 감기로 재생하는 동안에도 쿄코 탐정은 조용히 집중하기는커녕 카쿠시다테 청년, 유라 경부, 하라키 순사에게 차례로 이런저런 질문을 던지며 사건 전반을 파악하기 위해 애썼다. 괜한 참견이겠지만 좀 더 집중해서 화면을 보는 게 좋을 텐데… 이 탐정은 뇌가 세 개쯤 되는 건가? 하지만 카쿠시다테 청년의 태도로 미루어 볼 때, 그렇게 여러 일을 동시에 처리하는 것이 가장 빠른 탐정의 평소 스타일인 듯했다.

"흐으음. 과연, 그렇군요."

15분 후, 영상이 까맣게 물들자 쿄코 탐정은 매우 흥미롭다는 듯이 고개를 끄덕였다.

설마 유라 경부가 알아채지 못한 새로운 사실이라도 발견한 걸까 싶어서 긴장했지만 그녀의 입에서 나온 말은 "요즘 기술은 굉장하네요."였다. 이거 원, 방범 카메라 영상이 눈에 안 보이는 전파로 변해 하늘을 날아다니고, 현장에서 떨어진 취조실에서도 확인할 수 있다는 사실에 놀란 것뿐인 모양이다. 이거 유라 경부와 같은 구시대 인간인 걸까.

약간 친밀감을 느끼고 있던 그때.

"터치 패널이, 이렇게까지 되다니 정말 대단하네요."

쿄코 탐정은 신이 난 투로 말을 이었다. 터치 패널을 모르는 건가? 아무리 그래도 너무 구시대… 아니, 모르는 게 아니라 잊은 거다. 나날이 발전하는 '최신 기술'에 관한 정보가, 하루마다 기억이 초기화되는 망각 탐정의 머릿속에서 갱신될 리 없다… 그렇다면 유라 경부보다 훨씬 구시대적인 지식으로 이 사건에 임하고자 하고 있는 것일 수도 있다.

당사자는 아주 태연하게 "어쨌든."이라는 말로 화제를 바꿨다.

"확실히 운전자인 카쿠시다테 씨 이외의 인물이 밴에 접근한 흔적은 없네요. 이걸 보면 폭탄은 입체 주차장 밖에서 설치된 게 아닐까, 라고 추리하는 게 타당해 보이기도 해요."

"그, 그럴 수가! 잠깐만요, 쿄코 씨!"

카쿠시다테 청년이 당황해서 일어나 항의의 뜻을 밝혔다. 자리에서 일어난 걸 보니 정말로 키가 컸다. 바닥에 서 있는 게 아니라 천장에 매달려 있는 것처럼 보일 지경이다. 구부정한 허리를 쭉 펴면 키가 2미터는 되지 않을까.

"빨리 감기로 봐서 뭔가를 놓치신 거 아닙니까?! 한 번 더, 이번에는 슬로모션으로 보죠! 아니면 1프레임씩 넘겨 가면서!"

웃기지 마.

제한시간인 오후 8시가 돼도 안 끝날걸. 설마 시간 벌기를 할 셈인가? 동요한 척을 하며 그런 약아빠진 수작을 부리다니… 하지만 망각 탐정은 그 바보 같은 제안을 받아들이지 않았다.

"가장 빠른 탐정이라서요. 고작 8배속으로 재생되는 영상에서 뭔가를 놓칠 일은 없어요. 그러니 이번엔 다른 영상을 보여 주세요. 좀 전에 말씀하셨던 범인의 예고 동영상을 보여 주실 수 있을까요?"

"아, 네."

하라키 순사가 시키는 대로 태블릿 PC를 조작하여 앱을 기동시켜 해당 동영상 업로드 사이트를 띄웠다. 망각 탐정은 그 모습을 마치 마법이라도 구경하듯 들여다보고 있었다. ID 'curator-9010'이 업로드한 예고 동영상 〈데몬스트레이션〉은 일시적으로 재생수 1위에 등극했었지만, 반나절이 지난 지금은 열기가 조금 식었는지 3위까지 순위가 떨어져 있었다. 참고로 1위는 〈음악에 맞춰 노래하는 강아지〉고, 2위는 〈고양이에게 업힌 햄스터〉였다.

인터넷 세계의 갱신 속도는 '고작 8배속' 정도가 아닌 모양이다.

뭐, 이렇게 말하기는 좀 그렇지만 국회의사당이나 스카이 트리를 표적으로 시복한 거라면 모를까. 이름 없는 입체 주차장과 지방도시의 미술관이 표적이니 관심이 식을 수밖에. 가능하면 이대로 '학예사9010'이 업로드한 예고 동영상이 잊히면 좋겠다.

업로드한 것으로 예상되는 피의자와 망각 탐정을 앞에 두고 있는 상황에서 품기에는 참으로 아이러니한 희망 같기는 하지만, 좌우간 쿄코 탐정은 그런 유라 경부는 개의치 않고 천진난만하게 "재생 버튼, 제가 눌러 봐도 될까요?"라고 말했다.

"이건 손가락에서 나오는 정전기에 반응하는 거군요. 우후후, 그럼 슬그머니 지문을 채취하는 데도 도움이 되겠어요."

…그렇게 천진난만한 것도 아니었다.

탐정다운 면모도 슬쩍 내보이더니 쿄코 탐정은 그 동영상을 일반 재생 속도로, 심지어 조용히 시청했다. 방범 카메라 영상과 달리 음성이 있으니 당연한 일이다. 변조된 음성인 데다 자막까지 붙어 있다고는 해도… 문득 쳐다보니 카쿠시다테 청년도 마찬가지로 태블릿 PC를 들여다보고 있었다.

'자기가 만든 영상이면서 처음 보는 것 같은 표정을 짓다니.'

시종일관 쭈뼛거리고는 있지만 의외로 연기파인 걸까. …그러고 보니 망각 체질이 아니라 누명 체질이라고 했던 것 같은데.

그리고 망각 체질인 탐정 쪽은 1분도 되지 않는 동영상을 끝까지 본 후, "뭐, 지문을 묻히지 않고 조작할 방법도 있을 것 같기는 하지만요."라는 엉뚱한 감상을 내놓았다. 터치 패널에 관한 감상은 필요 없다고. 손에 낀 채로 스마트폰을 조작할 수 있는 장갑을 말하는 건가? 장갑의 역사도 오래되기는 했겠지만, 설마 그런 기묘한 형태로 진화하게 되리라고는 발명자 또한 생각하지 못했을 것이다.

"저, 저기… 쿄코 씨?"

탐정이 의뢰인보다 기술 쪽에 더 관심을 보이고 있는 듯하자 카쿠시다테 청년이 불안한 목소리로 입을 열었다…. 그러자.

"'학예사9010'이라. 엄청 삭위적인 영상이네요."

그녀는 그렇게 말했다.

암, 그렇고말고. 유라 경부는 시계를 흘끔 쳐다본 후, 자아, 그 작위적인 영상을 제작한 장본인을, 괜히 저항하지 말고 자백하라고 설득해 줘, 라고 속으로 외치며(덕분에 제한시간을 30분 가까이 낭비하고 말았다고!) 큰 기대를 담아 쳐다보았지만 놀랍게도 망각 탐정은 "이렇게 확인하고서 든 의문은, 어째서 이분이 저의 의뢰인에게 누명을 씌우려 하는 것인가, 인데요. …그걸 모르겠네요."

…라고 말을 이었다.

"누… 누명?"

모르셌네요, 라고 망각 탐정은 말했지만 뒤집어 생각하면 그 말은 '9010'이 카쿠시다테 청년에게 누명을 씌우려 하고 있다는 게 자명하다는 뜻이었다. 설마, 용의를 완전히 부정할 생각인가? 음모론 같은 논리로 카쿠시다테 야쿠스케는 범인으로 몰린 거라고 주장할 셈인가? 그런 법정 전술을 이 급박한 취조실에서 사용하려 하다니… 이 멋쟁이는 정말 탐정이 맞기는 한 건가? 실력 좋은… 아니, 악덕 변호사가 아니고?

"아뇨아뇨, 탐정이라고요. 가장 빠른 망각 탐정이죠. 저는 이 사건의 진상을 처음부터 알고 있었어요."

그건 빨라도 너무 빠른 것 아니야?

더는 짜증이 난 기색을 감출 수가 없었다. 아무리 서장이 당부를 했다지만 참는 데도 한도가 있다. 계속 신사처럼 굴 수는 없다, 이건 장난이 아니니까. 이러고 있는 동안, 지금도 미술관에서는 말 그대로 시한폭탄의 타이머가 시시각각 돌아가고 있을지도 모르는 일이다. 이런 천박한 전술에 어울려 줄 시간은 없다.

"장난이 아니라 추리라고요, 유라 경부님. 애초에 일을 추리의 영역으로 끌어들인 건 그쪽 아닌가요? 방범 카메라 영상에 폭탄마가 찍혀 있지 않으니 밴의 운전자가 범인이라고 단정 짓는 소거법은 경찰이 아니라 탐정의 수법이라고요."

뜨끔한 소릴 하는군.

그렇다, 분명 물적 증거는 없다. 그래서 체포 영장은 아직 안 나왔다. 설령 물적 증거가 있었다 해도 그런 건 저 폭발 화재 사건으로 일소되었을 거다…. 그런 의미에서 쿄코 탐정의 말대로 유라 경부가 카쿠시다테 청년을 취조실에서 심문하기로 한 것은 성급한 조치라 할 수 있었다.

몇 가지 절차도 위반했다. 하지만 그게 뭐 어쨌다는 거지?

다른 사람이 범인일 가능성이 없으니 일분일초가 아쉬운 이 상황에서는 다소 억지스러울지 몰라도 법리보다 논리에 근거해 움직이는 수밖에 없지 않은가.

"다른 사람이 범인일 가능성이 없으니… 그럼, **다른 사람이 범인일 가능성이 있다면** 저의 의뢰인을 풀어 주시겠다는 뜻으로 알아도 될까요?"

"…네. 뭐어…."

그야말로 말꼬리를 잡는 것과 다를 바 없는 논리였지만, 저런 식으로 물어보면 '아뇨, 절대로 안 풀어 줄 겁니다. 자백할 때까지 평생 가둬 둘 겁니다'라고 대답할 수가 없다. 뭐, 저 동영상에서 다른 범인을 추측해 낼 수 있다면 꼭 좀 알려 달라고 빌고 싶을 정도다.

"그럼 설명하도록 하죠. 질질 끌지 않고 조속히…. 요컨대 이건 시점의 문제예요."

"시점?"

카쿠시다테 청년이 여전히 불안한 얼굴을 한 채 탐정의 말을 따라 했다.

"네. 추리소설에서는 명탐정의 시점을 주관적이 아니라 객관적으로 유지하는 데 중점을 두어요. 전체를 객관적으로 보는 것이 중요하다고 보는 거죠. 하지만 이번에는 그 시점이 방범 카메라라는 지극히 객관적인 장치를 통한 것이었던 데다, 천장이라는 지극히 객관적인 위치에 있었던 나머지 유라 경부님은 진상을 깜박 놓치고 만 거예요. …실례. '진상'이 아니라 '다른 가능성'이라고 해야겠네요."

그렇게까지 배려해 줄 필요는 없습니다.

어쨌든 놓친 부분이 있다면 어디 한번 말해 보시지.

"카쿠시다테 씨가 그 주차구획에 주차하고서 폭탄을 설치하기 위해 밴에 접근한 사람은 한 명도 없다. 그러니 운전자인 카쿠시다테 씨가 사전에 폭탄을 설치한 '9010'이다. 지겹게 들리시겠지만, 유라 경부님의 추리는 이게 맞죠?"

"네. 뭣하면 다시 한번 영상을 보시겠습니까?"

유라 경부는 넌더리가 나서 성의 없게 답했다. 가장 빠른 탐정이라더니, 지연전술을 쓰는 것 같아 그야말로 지겹기 그지없었다.

"하지만 아무리 천천히 봐도 누구든가 폭심지인 밴의 전후좌우 중 어딘가로 접근한 흔적은 없을 겁니다."

"아래에서는요?"

"네?"

"전후좌우 중 어딘가로 접근한 흔적은 없었다. …**하지만** 차량 자체에 가려진 **아래에서** 접근한 흔적도 없었다고 단언할 수 있나요?"

그 지적에 유라 경부는 당황해서 하라키 순사에게 태블릿 PC를 낚아채다시피 빼앗아 직접 조작했다. 방범 카메라 화면을 8배속으로 재생한다.

이미 몇 번이나 보았던 영상이다.

천장에 고정된 카메라는 거의 정지된 장면처럼 밴을 계속 찍고 있다. **비스듬한 각도의 상공에서.**

'**바로 아래**는… 확실히 사각死角이군.'

전체를 내다볼 수 있는 객관적 시점이기에 만약 그곳에 숨었다면 **그 인물**을 화각에 담을 수가 없다. 정비라도 하듯 차체 아래로 기어 들어가서 **밴의 바닥에 구멍을 뚫고** 짐칸에 폭탄을 실었다? 어차피 폭탄이 폭발하면 사전에 구멍을 뚫었는지 어쨌는지는 알 턱이 없으니까?

아니, 아니아니, 아무리 그래도 '아래로 접근했을' 가능성은 고려할 가치가 없다.

아주 잠시, 자신도 모르게 흠칫 놀라기는 했지만 범행 현장은 도로가 아니다. 1층조차 아닌 입체 주차장의 2층이다.

운 좋게 맨홀 위에 밴이 주차되어 아래에서 접근할 수 있었을

리가 없다. 바로 아래에는, 그냥 콘크리트가 있을 뿐이다. 그것은 현장검증을 한 유라 경부가 객관적 시점이 아니라 주관적인 시점으로 확인한 바다. 녹은 고철덩이 아래에는 검게 그을린 콘크리트가 있었다.

"고철덩이가 된 건 한 대만이 아니었잖아요? 좌우에 있던 여러 대의 차량이 녹아 버렸을 거예요."

녹아⋯ 있었다.

중앙구획만 보아도 오른쪽으로 두 대, 왼쪽으로 세 대. 심지어 그 시간대에는 입체 주차장 전체가 거의 만차 상태였다. 카메라의 사각에 해당되는 것은 폭탄이 실려 있던 밴의 바로 아래만이 아니다. 좌우에 주차되어 있던 차량의 아래도, 그 좌우에 주차되어 있던 차량의 아래도 마찬가지로 사각지대였던 것이다.

다시 말해서.

"⋯'9010'은 해당 층에 주차되어 있던 차량의 아래를 **기어가듯** 이동해서 카메라를 피해 목적한 밴까지 간 겁니까?"

"좋은 추리네요, 유라 경부님."

백발의 탐정은 뻔뻔하게도 그렇게 말했다.

9

곧장 입체 주차장의 배치도를 요청해서 받고 경비 회사에 연락해 카메라가 설치되어 있던 정확한 위치를 물었다. 쿄코 탐정의 추리가 얼마나 현실적인 것인지 확인하기 위해서다.

탁상공론일지, 아니면….

현장에 남아 있는 수사원에게 해당 구획 주변의 사진도 컬러 데이터로 보내 달라고 했다. 어느 주차구획에 어떤 차종이 주차되어 있었는지를 구체적으로 알기 위해서. 차종에 따라서는 인간이 아래로 들어갈 수 없는 것도 있다. 설령 현장 사진 속의 주차 차량이 거의 잔해가 된 상태라 해도 자동차를 좋아하는 유라 경부는 그것만 보고도 충분히 특정해 낼 수 있었다. 연식까지는 무리지만 차종은 알 수 있다.

그러는 동안 거친 추리는 탐정의 주특기라고 했던 오키테가미 쿄코는, 거꾸로 세세한 검증은 자신의 일이 아님을 잘 알고 있는지 요청해서 받은 입체 주차장의 배치도를 물끄러미 쳐다보고 있기만 했다. 과연 자신에게 어떤 판결이 내려질지, 마음을 졸이고 있는 듯한 의뢰인을 돌볼 생각은 않고.

그런 의미에서 보면 그녀는 분명 변호인이 아니었다. 만약 카쿠시다테 청년을 범인으로 볼 수밖에 없었다면 무정하게 그렇게 지적했을 것이다. …가장 빠르게.

약 30분에 걸친 검증 끝에….

놀랍게도 '충분히 가능'하다는 결론이 나왔다. 차량 아래를 터널처럼 지나는 루트로 기어가면 방범 카메라의 감시를 피할 수

있다. 문제의 카메라뿐 아니라 모든 천장에 달린 카메라의 사각
으로 이동할 수 있다.

물론 어디까지나 주차장은 주차장이라 차량과 차량이 딱 붙어
서 세워진 것은 아니다. 각 차량 사이는 벌어져 있고, 그 틈새를
지날 때는 외부로 노출되지만 비스듬한 각도로 '내려다보는' 시
점에서는 그 차량 간의 틈새도 사각이 된다. 현장을 넓게 볼 수
있는 시점이기에 생겨나는 사각인 셈이다.

또한 주차구획에서 다른 주차구획으로 이동할 때에도 방범 카
메라가 주차장 안의 차도를 모두 커버하고 있는 것은 아니므로
사각이 생긴다.

한 층 전체를 구불구불 갈지자를 그리며 움직여야 하니 매끄
러운 이동이라 할 수는 없을지 몰라도(옷은 엄청 지저분해질 것
이다) 유라 경부에게 보기 좋게 '다른 가능성'을 제시하기는 한
것이다.

"아아. 그래서 예고 동영상의 스키복이 그렇게 꾀죄죄해져 있
던 거군요."

하라키 순사가 누구 편인지 모를 소리를 했는데, 분명 그래서
일 것이다. 장갑과 스키모자는 단순히 익명성을 높이기 위한 것
이 아니라 피부가 쓸리지 않도록 하기 위한 것이었을지도 모른
다.

이로써 수사는 출발점으로 돌아왔다.

새로운 사실이 드러났는데 전진이 아니라 후퇴했다. 헛수고를 한 정도가 아니라 귀중한 시간을 통째로 날려 버린 셈이다.

"헛수고라면… '9010'이 했을지도 몰라요. 저는 오히려 이런 트릭이 더 헛수고에 가깝다고 보거든요. 왜 그렇게까지 해서 카쿠시다테 씨에게 죄를 뒤집어씌우려 했을까요."

그때.

이번에는 쿄코 탐정이 누구 편인지 모를 소리를 했다.

가슴을 쓸어내리던 카쿠시다테 청년이 깜짝 놀란 얼굴로 "그, 그게 무슨 말씀이십니까?"라고 물었다.

"아뇨, 기록을 하지 않는 망각 탐정으로서 폭탄 설치를 할 때 방범 카메라를 피하고자 한 심정이 이해되지 않는 건 아니지만, 단순히 신원을 감추고 싶었던 것이라면 그 스키복을 착용하고 당당하게 폭탄을 설치했어도 됐을 거예요…. 거짓 전화로 경비원은 멀리 떨어져 있는 상태였으니 폭파를 저지당할 일도 없었을 테고요. 그런데 굳이 위험을 무릅쓰면서까지 이런 방식으로 폭탄을 설치한 걸 보면, 그 목적은 밴의 주인인 카쿠시다테 씨에게 죄를 뒤집어씌우기 위해서라고 볼 수밖에 없잖아요."

그게 처음에 했던 '모르겠다'는 말의 의미인가.

듣고 보니 확실히 위험한 짓이긴 하다.

방범 카메라에 찍히는 것은 피할 수 있어도 사소한 문제로 들통날 수 있는 취약한 트릭이다. 경비원은 멀리 떨어뜨려 놓는

데 성공했지만 문득 뭔가 문제가 생겨서, 혹은 별다른 이유 없이 주차된 어느 차량의 운전자가 돌아와서 봤다면 자동차 아래를 기어 이동하고 있는 스키어는 영락없는 거동수상자로 보였을 것이다. 아니, 알아챈다면 그나마 낫겠지만 최악의 경우, 느릿느릿 자동차 아래를 기어가는 동안 돌아온 운전자가 알아채지 못하고 차를 움직이면 납작하게 짓눌리고 말 거다.

또한 근본적으로 밴 아래에서 바닥을 뚫고 폭탄을 짐칸에 설치한다는 공작도 말처럼 간단하지 않을 것이다. 그 공작은 파괴 공작이기 때문이다. 좌우간 옆구리에 지극히 민감한 폭탄을 끼고 있어야 하니… 사소한 한 번의 실수로 자신이 날아가 버릴 수도 있다. 그렇게 해도 구멍은 뚫릴지도 모르지만, 그 구멍이 말 그대로 무덤이 되고 말 거다.

무의미한 짓이라고까지는 하지 않겠지만 그렇게 큰 위험을 무릅쓰지 않아도 쿄코 탐정이 지적한 바대로 익명성을 높인 차림새로 당당하게, 요란하게 뒷유리라도 깨고 폭탄을 설치하면 그만이다. 그런 동영상을 업로드했을 정도니 카메라에 1초도 찍히고 싶지 않은 부끄럼쟁이일 리는 없을 테고.

"'9010'은 카쿠시다테 씨에게 원한을 가진 인물…이라는 뜻입니까?"

하라키 순사가 타당한 예상을 입 밖에 내었다.

실제로 소유 차량이 산산조각 났으니 그럴 가능성도 있을지 모른다. 하지만 질문을 받은 쿄코 탐정은 그 예상에 찬성할 수 없다는 듯이 "혹은." 하고 다른 가능성을 내놓으려 했다. …그런데 갑자기 고상한 동작으로 입을 막았다.

"주제넘은 짓을 할 뻔했네요. 저의 가장 빠른 추리는 이미 골인한 상태거든요. 카쿠시다테 씨, 대금을 받을 수 있을까요?"

"아… 네, 어디 보자."

카쿠시다테 청년은 허둥지둥 주머니에서 지갑을 꺼냈다. 비밀 유지 의무를 절대 엄수하는 망각 탐정의 특성 때문인지 대금은 현금으로 받는 모양이다. 실제로 카쿠시다테 청년이 오키테가미 탐정 사무소에 전화를 걸고서 한 시간 반도 지나지 않았건만, 상당한 액수의 의뢰비를 건넸다.

그를 오인 체포할 뻔한 것은 다름 아닌 유라 경부였지만, 살짝 걱정될 정도의 액수였다. 개인적으로 그에게 얼마라도 챙겨 주는 게 좋지 않으려나, 하는 생각이 들 정도다.

"저, 저기… 쿄코 씨. 골인했다고 말씀하셨는데… '학예사9010'의 정체에는, 관심이 없으신가요?"

지불을 마친 카쿠시다테 청년이 쭈뼛거리며 그렇게 물었지만 그녀는 쌀쌀맞게 "관심은 많지만, 그건 제 일이 아니니까요."라고 말했다.

"저한테는 카쿠시다테 씨가 지불하신 돈을 사무소 바닥에 깔아 놓고 히죽거린다는 마무리 작업이 남아 있거든요."

"노, 농담이 심하시네요."

카쿠시다테 청년이 뻣뻣한 미소를 지은 채 말했다. 농담으로 들리지는 않았지만, 어쨌든 그녀는 이쪽을 향해서도 깊숙이 고개를 숙이며….

"그럼 유라 경부님, 하라키 순사님. 폭탄마 수색에 계속 힘써 주세요. 보이지 않는 곳에서 응원하겠어요. …아, 그렇다고 차체 아래로 숨어들겠다는 뜻은 아니고요."

그런 농담 섞인 인사치레 같은 격려의 말을 늘어놓고서 취조실을 뒤로하려 했다. 카쿠시다테 청년은 "자, 잠깐만요, 쿄코 씨."라며 그 뒤를 쫓으려 한다.

아무래도 그는 일반 요금으로 진범이자 자신에게 죄를 뒤집어 씌우려 한 '학예사9010'의 정체를 밝혀내는 부분까지를 부탁하려 했던 모양인데, 그 계획이 틀어지자 당황해서 어쩔 줄 모르는 듯했다.

'…가만.'

그 '계획' 자체는, 그리 나쁘지 않지 않나? 카쿠시다테 청년에게 얼마라도 챙겨 줄 게 아니라, 그 의뢰비에 덤을 얹어 주면….

'망각 탐정은 경찰 측의 의뢰도 받는다고 했었지?'

가장 빠른 탐정.

예고된 제한시간까지 남은 것은 약 일곱 시간. 망설일 틈은 없다. 숙고할 여유도 없고, 체면을 차릴 때도 아니다. 출발점으로 돌아온 수사를 앞으로 진행시키는 가장 빠른 방법은 주사위 수를 늘리는 것이다.

"쿄코 씨."

유라 경부는 그럼에도 최대한 깐깐한 베테랑 형사인 척을 하며 아주 진지한 투로 탐정의 등에 대고 물었다.

"참고삼아 묻겠습니다만, 귀 사무소의 연장 요금은 얼마나 됩니까?"

"이것 참, 서운하네요. 제가 돈만 내면 움직일 탐정으로 보이시나요?"

그렇게 말하더니 그녀는 만면에 미소를 띤 채 걸음을 멈췄다. 움직일지 어떨지는 둘째 치고, 적어도 돈 이야기에 멈춰 서는 탐정이기는 한 모양이다.

10

경찰서에 있는 친구로부터 일단 돌아가려 했던 망각 탐정을 사건 담당 형사가 아슬아슬하게 만류했다는 정보를 들었을 때, '학예사9010'은 안심했다기보다는 소름이 돋았다.

이중삼중으로 연막을 쳐서 이쪽의 목적이 망각 탐정을 소환하는 것이라는 사실을 들키지 않으려 했는데, 직감인지 혹은 이쪽이 뭔가 실수라도 했던 것인지, 백발의 그녀는 카쿠시다테 야쿠스케의 결백을 증명하자마자 사건에서 물러나려 했다고 한다. 정말이지 귀신이 곡할 노릇이다.

그렇게나 신중에 신중을 기해 마치 뱀처럼 자동차 아래를 기어 다니기까지 했는데, 그 모든 게 헛수고로 끝났을지도 모른다고 생각하니 정말 소름이 돋았다. 그리고 망각 탐정의 날카로운 감은 더더욱 소름이 돋을 정도였다.

카쿠시다테 야쿠스케에게 원한을 품은 자의 범행으로 오해해 주면 그보다 좋을 수 없었겠지만, 그런 어설픈 속임수에는 안 걸린 모양이다. 아마도 정말 카쿠시다테 야쿠스케에게 누명을 씌울 속셈이었다면 좀 더 철저하게 위장공작을 했을 거라 생각한 것이리라. 뭐, 사실 그렇게 해도 딱히 상관은 없었지만 지나치게 철저하게 하면 그가 정말로 체포될 우려가 있었던지라 조절하기가 어려웠다.

적절하게 균형을 이루게끔 했다고 생각했는데, 아쉽게도 어설펐던 건가. 소문으로 듣기는 했지만 망각 탐정의 움직임이 생각했던 것보다 상당히 빨랐던 것도 사실이기는 하다. 인사를 대신하는, 말하자면 그녀가 간파하게 만들기 위한 튜토리얼 같은 트릭이기는 했지만 다소 얕보았었다는 점은 부정할 수 없겠다. 그 점에 있어서는 일단 깊이 반성하며 앞으로의 일에서 어느 정도 미세조정을 할 필요가 있을 것이다.

세상 모든 일이 예정대로 되지는 않는 법이다.

그려 둔 도면대로 되지는 않았지만⋯ 지금은 밀어붙일 때다.

그나저나 최종적으로 돈의 힘에 굴복했다는 점도 그녀답기는 했다. 아무튼 정말이지 속이 바짝바짝 타들어 가는 것만 같았다. 앞으로 내가 대결할 탐정이 어떤 사람인지를 새삼 자각하게 되었다.

상대를 잘못 골랐나 싶기도 했다.

아니, 아니지. 잘못 골랐을 리 없다.

내가 겨룰 탐정은 그녀뿐이다.

아무튼, 어찌 되었든 오키테가미 쿄코가 담당 형사를 따라 미술관으로 올 때까지는 다소 시간이 걸릴 것이다. 그녀에 대한 대처는 그다음에 하면 된다. 지금은 다른 예상치 못한 일에 대처해야만 한다.

다른 예상치 못한 일.

놀랍게도 폭파까지의 시간적 여유를 그렇게나 넉넉하게 주었음에도 마치무라시 현대미술관에서의 대피 작업이 아직 완료되지 않은 것이다.

방문객들의 대피는 끝났지만 일부 직원이 관내에 남아 완강하게, 시위라도 하듯 나가려 하지 않기도 했거니와⋯ 전시 작품을 폭파로부터 지키기 위해 밖으로 반출하려 하는 직원과, 그 전시 작품에 폭탄이 설치되어 있을 위험성이 있으니 허가할 수 없다는 경찰 측 폭탄 처리반 사이에서 신경전이 벌어지고 있다는 모양이다.

이보다 쓸데없는 싸움이 또 있을까.

어떻게 보면 우스꽝스러운 일이기도 했지만 웃을 일이 아니다. 이대로 가면 전부 죽고 말 테니까. '학예사9010'이 준비한 폭탄에는 그만한 파괴력이 있다.

최소한의 화력으로 최대한의 효과를.

그런 참사는 바라는 바가 아니었다. 목적과도 맞지 않는다.

첨언을 하자면(어디까지나 첨언일 뿐이다) '학예사9010'은 당국의 지시를 거슬러 가면서까지, 혹은 폭탄마의 협박에 굴하지 않고 미술품을 지키려 하는 직원들의 심정을 전혀 이해 못 하는 바는 아니었다. 그렇지 않았다면 장난으로라도 '학예사'라는 이름을 쓰지 않았을 테니.

예술을 사랑하는 마음은 같다.

마음이 사랑하는 예술이 다를 뿐.

자아, 어떻게든 해야겠다. 폭파 시각을 변경할 생각은 없다. 변경은 불가능하다. 망각 탐정의 캐치프레이즈를 따라 하려는 것은 아니지만 '학예사9010'에게도 오늘밖에 없기 때문이다. 그래서 오늘을 위해 준비를 거듭해 왔다.

다시 한번 동영상을 업로드해서 메시지를 보낼까?

아니, 그 예고 동영상이 일시적으로나마 각광을 받았던 것은 '데몬스트레이션'에 해당하는 입체 주차장 폭파 영상이 있었기 때문이다. 의문의 스키어가 떠들기만 하는 동영상이 단시간에 수사진의 눈에 띌 것이라는 보장은 없다. 아쉽게도 충격적인 영상 없이 ID 'curator−9010'이 재생수 1위 자리를 탈환할 일은 없을 것이다. 경쟁사회는 냉혹하니까.

애초에 그 스키복 세트는 이미 처분하고 없다. 지금이 몇 월인데. 게다가 동영상 편집 및 업로드 작업은 솔직히 말해서 자신이 없다. 제한시간 안에 끝날 것 같지도 않다. 이거 참, 내가 건 제한시간에 나 자신이 쫓기게 될 줄이야.

무슨 소라카라 쿠우*도 아니고.

그럼 과감하게 방침을 바꿔서 모든 이에게 메시지를 보낼 게 아니라 개인에게 메시지를 보내기로 하자. 아티스틱한 이데올로기를 주장하는 일부 직원의 리더에 해당하는 사람에게 투항을 촉구해서 마음을 돌리게 하면 아마도 나머지는 저절로 무너질 것이다.

왜냐하면 보나 마나, 확인하고 말고 할 것도 없이 저항 세력의 리더는 미술관의 관장일 테니까. 그 관장일 테니까.

명물 관장이 폭탄 처리반을 상대로 기세등등하게 맞서고 있는 장면을 상상하자 급박한 상황임에도 '학예사9010'은 저절로 미소가 지어졌다. 정말이지, 그건 그것대로 예술이다. 살아 있는

※소라카라 쿠우(空々空) : 니시오 이신의 다른 작품인 『전설 시리즈』의 주인공. 그가 지닌 투명화 슈트인 '그로테스크'에 대한 이야기로, 첫 임무 이후 사용되지 않는다.

예술이다. 사랑할 마음은 들지 않지만.

그럼에도 죽으면 난감한 것이다.

11

나 정도의 원죄 마스터가 되면 인생에서 한 번쯤은 순찰차를 타 보고 싶다, 라는 순진한 꿈과 자연스럽게 멀어질 수밖에 없다. 흰색과 검은색이 선명하게 대비를 이루고 있는 사륜차에 탑승하는 것은 내게 일상적인 일이기 때문이다. 내 차보다 승차 횟수가 많을 거다. 체감상 수갑이라는 옵션까지 찬 채로 하루에 한 번은 타지 않았을까 싶을 정도로 익숙했다.

다만 그런 나라도 하얀 경찰 오토바이*에 타 본 경험은 없었다. 경찰 오토바이의 뒷좌석에 타 본 경험은 더욱 없었고, 굴러떨어지지 않도록 백발의 망각 탐정에게 필사적으로 매달린 경험으로 말하자면, 25년의 원죄 인생에서도 첫 경험이라고 고백할 수밖에 없을 것이다.

헬멧을 쓰고 있어서 하얀 머리카락은 보이지 않지만 온몸에 딱 달라붙는 라이더 슈트를 입은 쿄코 씨는 정말이지 최고로 멋졌다. 그에 비해 뒷좌석에서 아담한 몸집의 쿄코 씨에게 필사적

※하얀 경찰 오토바이 : 경찰이 주로 교통 단속 업무 등에 사용하는 하얀색 오토바이. 통칭 '시로바이(白バイ)'라 부른다.

으로 매달려 있는 거한의 모습이 얼마나 꼴사납고 우스꽝스럽게 보일지는 별로 생각하고 싶지가 않다.

이거 참.

고속도로를 최고 속도로 달리는, 목숨을 내놓은 듯한 이 드라이브는(참고로 '최고 속도'라는 것은 도로 표지판에 적힌 '최고 속도'가 아니라 경찰 오토바이의 속도계에 적힌 '최고 속도'를 말한다) 이번 폭탄 사건의 현장 지휘관인 유라 경부와 오키테가미 탐정 사무소 소장인 오키테가미 쿄코 씨의 타협안이었다. 까놓고 말해서 유라 경부가 말한 '연장 요금'에 관한 협의가 잘 풀리지 않았던 것이다.

교섭이 결렬되었다.

장사의 영역이고 해서 단골손님인 나도 감히 끼어들지 못했는데, 아무래도 쿄코 씨는 이 사건에 그다지 얽히고 싶지 않은 눈치였다. 명백하게 평소 시가보다 높은 금액을 유라 경부에게 요구했기 때문이다.

최종적으로 그녀는….

"그럼 마치무라시 현대미술관까지의 이동수단으로 경찰 오토바이를 빌려주신다면 받아들이도록 하죠."

그런 삐딱한(그야말로 법률 밖으로 삐져 나갈 정도로 삐딱한) 조건을 들이밀었다. 거절할 요량으로 무모한 요구를 한 것으로 보였지만, 유라 경부가 뜻밖에도 과감한 결단을 내렸다.

결과적으로 그의 실수 때문에 내가 억울하기 그지없는 죄를 뒤집어쓸 뻔하기는 했지만 그런 추리소설 같은 추리를 해 보인 것으로 미루어, 유라 경부는 아무래도 고지식해 보이는 겉모습보다는 유연한 경찰이었던 모양이다. 쿄코 씨도 지적했던 대로 경찰보다는 탐정에 가까운 자세의 소유자인지도 모른다.

"교통 위반 벌금을 의뢰비로 탕감해 주시는 걸로 합의를 보도록 하죠."

제한시간이 있는 가운데, 교섭에 시간을 들이는 수고를 덜었다고도 할 수 있으리라. 그렇게 현재의 스피드 레이싱에 다다르게 된 것이다.

순찰차를 타고 싶다는 욕구보다 경찰 오토바이를 타고 싶다는 욕구가 더 고차원적이고 마니악하다는 것을 전제로, 쿄코 씨의 새로운 일면을 본 것 같아 뭐라 형용할 수 없는 기분이기는 하지만, 왜 나는 함께 있는 걸까? 왜 코알라처럼, 혹은 나무늘보처럼 망각 탐정에게 들러붙어 있는 걸까?

당연히 의문스러울 것이다.

나도 일을 하러 돌아가고 싶다. 내 일을 하러. 요전에 여행 대리점에서 잘리고서 겨우 찾아낸 새로운 직장(택배업)도 이대로 가면 잘리고 말 거다. …하지만 이왕 한 배를 탄 김에 함께하고 있다기보다는,

"카쿠시다테 씨도 괜찮다면 동행해 주세요. 당신의 용의는 아

직 완전히 풀린 게 아니니까요."

쿄코 씨가 몸소 동행을 권하시는데 어쩔 수 있겠는가.

경찰 오토바이를 타고 싶다고는 생각지 않았지만 쿄코 씨와 드라이브를 즐기고 싶다는 정도의 마음은 내게도 있었다. 하지만 고속도로를 노출된 이륜 차량을 타고 달릴 줄 알았다면 분명 거절했을 거다.

뭐, 내게 걸린 용의가 현시점에서 완전히 풀리지 않았다는 것도 사실이기는 했다. 그 취조실에서 쿄코 씨는 어디까지나 '진실'이 아니라 '다른 가능성'을 제시했을 뿐이기 때문이다.

그런 의미에서 내가 한 의뢰는 아직 완수되지 않았다고 할 수 있다. 만약 범인이 내게 누명을 씌우려 하고 있다면 더더욱.

[진심으로 누명을 씌우려 한 건 아니었던 것 같지만요.]

쿄코 씨는 그렇게 말했다.

오토바이 헬멧 안에 장착된 인터콤을 통해 대화하고 있는 것이다. 휭휭 바람을 가르는 소리 때문에 평범하게는 대화가 불가능하다. 아니, 시속 100킬로미터를 넘는 제트코스터 상태로 이륜 주행 중이니 보통은 인터콤으로도 대화를 못 할 상황인 것 같지만, 쿄코 씨는 휴식 시간에 커피라도 즐기는 듯한 말투였다. …말도 못 하게 쓴 블랙커피인 것 같지만.

운전 중에 멀티태스킹 능력을 발휘하는 건 되도록 삼가 주었으면 좋겠지만, 화제가 흥미로웠다. '9010'이 내게 누명을 씌우려 한 게 아니라고?

[진심으로 누명을 씌우려 한 건 아닌 것 같다고요. 용의선상에 오르기는 해도 금방 용의가 풀리도록 되어 있었어요. 예를 들어 예고 동영상의 스키복이 더러워져 있었던 것. 그건 알기 쉬운 유도처럼 보이지 않았나요?]

그러고 보니.

만약 콘크리트나 차량 아래를 기어 다니다가 꾀죄죄해졌다면 옷을 갈아입으면 그만이다. 완전범죄를 꾀하고자 한다면 아껴서는 안 될 품이다. 노골적인 힌트였던 것이다.

[저는 방범 카메라 영상을 보자마자 트릭을 대략적으로 짐작해 냈는데, 그 후에 예고 동영상의 힌트를 보는 바람에 거꾸로 혼란스러웠어요. 지나치게 노골적이었으니까요. 마치 수수께끼를 풀어 주길 바라는 것만 같은… 속임수라기보다는 미끼를 던져 놓은 것 같았거든요.]

미끼.

그렇다면 그런 이야기의 도입부 같은 이유로 폭파된 내 차가 불쌍하기 그지없게 생각되지만(뭐, 일할 때 모는 차라 내 명의로 되어 있기는 해도 내 차라는 생각은 별로 안 들었다) 그러면 '9010'의 진의는 무엇이었을까?

내가 표적이 아니었다면 대체 누가 표적이었던 거지? 쿄코 씨는 '혹은'이라고 했는데 그 의문에 대한 답도 어느 정도 짐작하고 있는 걸까?

[그게 의문이거든요. 확인차 묻겠는데, 오늘 처음 뵌 카쿠시다테 씨는 제 사무소의 단골손님이죠?]

"아, 네. 쿄코 씨는 저를 야쿠스케 씨라고 이름만으로 부른 적도 있을 정도죠."

[그런가요, 카쿠시다테 씨.]

만용을 부려 과감하게 우겨 보았지만 허탈하게 헛방만 쳤다. 오키테가미 탐정 사무소는 원래부터 단골손님을 단골손님 취급하는 법이 없고, 늘 모든 손님을 처음 온 손님으로 대했다. 하지만 그렇다면 방금 그 재확인 작업에는 무슨 의미가 있는 거지?

[어디까지나 가정인데요, '9010'은 일부러 제한시간을 두고, 일부러 카쿠시다테 씨를 희생양으로 삼음으로써 저… 가장 빠른 탐정을 불러들이려 했을 가능성을 부정할 수 없어요.]

"……."

그건… 글쎄, 자의식 과잉이라고 해야 할지, 아무리 그래도 지나친 생각인 것 같기도 하지만, 그 지나친 생각을 하는 것이 쿄코 씨의 일이기도 했다.

망라 추리다.

그래서 일단은 돌아가려 한 걸까? 일이 아직 완전히 완료되었다고 할 수 없는 상태로….

[유라 경부님에게 무리한 요구를 해서 이 경찰 오토바이를 빌

린 것도 그 때문이었어요. 만약 '9010'이 저의 가장 빠른 추리를 미리 계산에 넣어 두었다면, 저는 그보다 한발 앞서야 하니까요.」

과연.

뭐, 그 핑계로 경찰 오토바이를 타 보고 싶었던 것뿐이 아닐까 싶기는 했지만, 그 부분은 너그러이 봐주자. 쿄코 씨는 망각 탐정이기 때문에 개인 정보가 있어도 없는 것이나 다름없으니 당연히 운전면허증이(대형 이륜 면허는커녕 원동기 장치 자전거 면허도) 없을 우려도 있지만 그 부분도 너그러이 봐주자.

참고로 유라 경부와 하라키 순사 콤비도 물론 순찰차를 타고 마치무라시 현대미술관으로 향하고 있다. 동시에 출발하기는 했지만 이대로 가면 우리가 10분에서 20분 정도 빨리 도착할 것이다.

근소한 차이일지 몰라도 제한시간이 다가오고 있는 가운데 10분에서 20분은 굉장히 긴 시간이고, 하물며 가장 빠른 망각 탐정에게 10분, 20분은 그것만으로 수수께끼를 열 개, 스무 개 풀 수 있을지도 모를 시간이다.

의표를 찔러도 차고 넘치게 찌를 수 있는 10분, 20분인 것이다.

가령 정말로 '9010'이 망각 탐정이 등장하기를 바랐다면, 평소의 행동 패턴에서 벗어날 필요가 있다는 전략의 일환으로 쿄코 씨는 의뢰인인 나를 동행시키고 있는 건지도 모른다.

조수가 필요치 않은 타입의 명탐정인 쿄코 씨에게는 이렇게 오토바이에 둘이 타는 것부터 이미 변칙적인 일이니. 게다가 평소의 가장 빠른 탐정을 뛰어넘는 속도로 나를 동반한 채로 폭파가 예고된 미술관에 등장하는 것이다. 그러면 어느 정도는 '9010'의 계획을 무너뜨릴 수 있을지도 모른다고 생각한 걸까. 마치 탐정과 범인의 대결이 벌써 시작된 것만 같았다. 그러고 보니 예고 동영상에서 '9010'은 경찰뿐 아니라 탐정에게도 도발적인 말을 했었다.

누구든 나를 막아 줘….

[…의외로 진짜 SOS일지도 모르지만요.]

"네? 무슨 뜻이죠?"

[추리소설에서의 범행 예고장은 이야기를 고조시키기 위한 깜찍한 기믹에 불과하지만, 현실 세계에서는 좀 더 절실한 사정이 담겨 있을 수도 있으니까요. 사실은 범죄 같은 걸 저지르고 싶지 않은데 그럴 수밖에 없는 사정, 혹은 심정이 있다. …이제 스스로는 멈출 수 없으니까, 그만둘 수 없으니까 누구든 나를 막아 줘. 심리학적으로 그럴 가능성도 있다고 봐요.]

양심을 타인에게 대신 맡겨 두는 셈인가.

뭐랄까, 지금까지 범인의 성명聲明이라는 것은 단순히 수사진을 농락하기 위한 도발이라고 생각해 왔는데 저 말을 듣고 나니 확실히 절실하게 느껴졌다. 절실한 SOS 신호다.

사상자가 나오지 않도록 조치한 점이라거나 내게 진심으로 누명을 씌우려 하지는 않은 점 등으로 미루어 볼 때, '9010'은 흉악하기만 한 범인이라고 단정 짓기 어려운 인물인지도 모른다.

살아 있는 인간인 것이다.

[뭐, 저는 그렇다고 해서 양심을 대신 맡아 드릴 생각이 없지만요. 저는 양심이나 윤리에 근거해 움직이는 탐정이 아니니까요. 저는 매력적인 수수께끼만 풀 수 있으면 그걸로 족해요.]

지적 호기심을 채우는 게 제일이라는 식의 농담을 하시려면 하다못해 고액 의뢰비를 대신한 경찰 오토바이에 타고 있지 않을 때 해 주시죠. 직업 탐정 일을 일상생활처럼 하는 쿄코 씨에게 참으로 안 어울리는 말이기는 했지만, 그런 식으로 따지면 양심이나 윤리라는 단어도 쿄코 씨에게 안 어울리기는 마찬가지인지도 모른다.

그래서 생각했다.

만약 '9010'이 수단과 방법을 가리지 않고, 간접적이면서도 직접적으로 망각 탐정을 이 사건에 끌어들이려 하고 있는 것이라면, 그 목적은 대체 무엇일까. 그녀에게 바라는 역할이 단순히 양심을 대신 맡아 주는 것이 아니라면.

[글쎄요. 어쩌면 '9010'은 저의 옛 연인일지도 모르겠네요.]

이번에는 아주 농담은 아니라는 듯한 투로 쿄코 씨가 그런 소리를 했다. 시속 150킬로미터의 속도로.

12

마치무라시 현대미술관.

생각지 못한 모양새로 이번 사건에 휘말려 들 때까지, 무지한 나는 박물관이란 것에 관해 잘 몰랐는데('현대미술'의 정의조차 모른다) 듣자 하니 아는 사람은 알 만한 **특징적**인 미술관이라는 모양이다.

어디로 들어가면 좋을지 모르겠을 정도로 기발한 외관부터 이미 이채를 띠고 있다고 할 수 있었는데, 경찰 오토바이에서 내린 나와 쿄코 씨가 가볍게 길을 잃었다가 발견한 미술관 입구의 양옆에는 마치 신사를 지키는 코마이누*처럼 커다란 개의 석상이 전시되어 있었다.

뭐, 두 마리 개의 조각상보다 내 눈길을 끈 것은, 관내로 들어가기 위한 회전문으로 이어진 계단에 나른하게 앉아 있는 선글라스를 쓴 여성의 양옆에서 '엎드려' 자세를 하고 있는 두 마리의 살아 있는 개였지만. 골든 리트리버와 도베르만이었다.

"어머. 귀여운 멍멍이네요."

쿄코 씨가 들뜬 목소리로 말했다.

※코마이누 : 신사나 절 옆에 수호신처럼 배치하는 사자와 비슷한 한 쌍의 상.

어쩐지 고양이파派일 것 같았는데 개도 좋아하는 모양이다.
생각해 보니 파벌로 나누는 것 자체도 현대적이지 않았지만, 아
무튼 쿄코 씨는 '멍멍이'에게 달려가 마구 쓰다듬거나 하지는 않
았다.

도베르만 쪽은 둘째 치고 골든 리트리버 쪽은 척 봐도 안내견
이었기 때문이다. 일하는 중인 것이다.

다만 선글라스를 쓴 여성은 달려가기는커녕 멈춰 섰음에도 불
구하고 우리의 기척을 알아챘는지.

"유라 경부님."

…이라고 말하며 고개를 들었다. 응? 유라 경부님?

내가 의아해 하자 도베르만 쪽이 낮은 소리로 으르렁거렸다.
그러자 선글라스를 쓴 여성은….

"아아, 아니었군요. 실례했습니다, 냄새로 판단을 하다 보니…
누구신가요? 유라 경부님의 동료이신가요?"

고개를 갸웃하며 천천히 일어섰다.

키가 약 2미터인 내가 말하기는 좀 그렇지만, 늘씬하고 키가
큰 여성이었다. 굽이 높은 힐을 신고 있기도 해서 바이크를 탈
때 굽 없는 신발로 갈아 신은 쿄코 씨보다 30센티미터 자 하나
만큼은 커 보였다.

나와 달리 자세가 구부정하지도 않아서.

허리를 꼿꼿이 펴고 있다. 그것도 우아하게, 꼿꼿하게 서 있다.

"아, 저기, 저는… 오늘 유라 경부님한테 체포될 뻔해서… 그 래서 냄새가 섞여 있는 게 아닐까 싶은데…."

아니.

안 해도 될 설명을 하고 있군. 이런 게 바로 나의 문제다.

"카쿠시다테 야쿠스케입니다."

간결하게 자기소개를 했다.

나에 대한 경계심을 훤히 드러내며 계속 으르렁거리고 있는 도베르만의 정체도 대충은 알겠다. 이 아이도 분명 일하는 중일 거다. 내게는 순찰차 뒷좌석만큼이나 익숙한 직업인… 경찰견이 리라.

그렇다면 이 사람은 경찰 관계자인가?

찢어진 청바지에 파란색 셔츠라는 산뜻한 패션을 하고 있어서 공공 기관의 사람처럼은 안 보이는데. 쿄코 씨가 쩔쩔매는 나를 한 손으로 제지하더니 "유라 경부님께 미력하게나마 수사 협력 을 하고 있는 탐정인 오키테가미 쿄코라고 합니다."라고 경쾌하 게 자기소개를 했다.

"헤에. 오키테가미 쿄코 씨… 망각 탐정이시군요. 소문은 종 종 들었어요."

놀랍게도 선글라스를 쓴 여성은 유라 경부 일행과 달리 쿄코 씨에 관해 알고 있었다. 사전에 연락을 받은 것 같지도 않았는 데. '종종'이라는 말도 뭔가 암시적이다.

쿄코 씨도 그 말에는 당황했는지,

"소문이 날 정도로 유명하다니, 망각 탐정이라고 하기가 민망하네요."

눈웃음을 지으며 답했다.

여성은 그런 우리를 향해 빙긋 미소 지었다. 붙임성이 좋아 보이면서도 어쩐지 무언가를 감추고 있는 듯한 미소였다. 석방된 직후에 다시 체포되는 게 아닐까 싶어 내 멋대로 겁을 먹은 탓일 수도 있겠지만.

"저는 폭탄 처리반의 토비라이 아자나 경부보입니다. 여기 있는 멍멍이들은 저의 파트너인 익스텐션과 매니큐어고요."

폭탄 처리반.

당연히 있겠지. 다시 말해서 도베르만(매니큐어) 쪽은 경찰견 중에서도 화약 탐지에 특화된 타입의 경찰견인 것이다. 척 봐도 유능할 듯한 분위기를 풍기는 데다, 직장에서 마구 잘리고 있는 나보다 훨씬 날쌔고 용감해 보였다. …날쌔다고 단언하기에는 다소 풍요로운 식생활을 하고 있는 듯했는데, 그래서인지 터프해 보이기도 했다.

하지만 어째서 그런 전문가가 미술관 입구에서 척 봐도 멍하니 나른하게 앉아 있었던 걸까? 경부보라면 이 상황에서 문 앞이나 지키고 있을 계급이 아닐 텐데. 문지기를 무시할 생각은 없지만, 아무튼 경찰 오토바이로 달려오면서 예고 동영상을 본

구경꾼들이 둘러싸고 있을 미술관에 어떤 식으로 접근하면 좋을
까 걱정하고 있었는데, 아무래도 마침 관객이 빠질 시간대였는
지 생각만큼 사람이 많지는 않았다.

예고 동영상 공개 당시였던 새벽 무렵에는 엄청난 수의 군중
이 몰려들었을 테고, 예고 시간인 오후 8시가 가까워지면 다시
밀물처럼 사람들이 밀려들지도 모르지만 오후 3시라는 어정쩡
한 시간대에 구경하기에는 따분한 광경일지도 모르겠다.

그러니 더더욱 문지기에 인원을 할애할 상황이 아닐 터. 애초
에 폭탄은 이 시간까지도 발견되지 않았으니 폭탄 처리반인 경
부보가 안에 들어가 있지 않은 것은 설령 토비라이 경부보가 자
진해서 문지기 역할을 맡을 만큼 기특한 인물이라 해도 이상한
일이다.

"그게 말이죠, 이 미술관은."

토비라이 경부보가 입을 열었다.

어쩐지 어이가 없다는 듯한 투로.

"애완동물, 출입금지라고 해서."

13

사건과 무관하게 괘씸한 일이기도 한 데다 이 긴급사태에 대
체 무슨 소릴 하는 거냐고 생각하지 않을 수가 없었다. 아니, 미

숨과 측도 전시품을 최대한 완벽한 상태로 보전해야만 한다는 의무감이 있을 테니 규정 자체를 완전히 부정할 수는 없겠지만, 그래도 안내견과 경찰견을 뭉뚱그려서 애완동물로 취급하는 것은 납득할 수가 없었다.

심지어 토비라이 경부보의 말에 따르면 두 마리의 개와 함께 주저앉고 싶어진 이유는 그것 말고도 더 있는 듯했다. 아무래도 관내가 생각했던 것보다 훨씬 북적북적한 모양이다.

전시품 보전 문제 때문이다.

폭파 예고 시간까지 전시품을 미술관 밖으로 반출하려는 직원 측과 안전이 확보될 때까지는 아무리 귀중한 전시품이라 해도, 설령 관리 책임이 있는 직원이라 해도 관내에 있는 물건에 손대지 말아 달라는 입장을 가진 폭탄 처리반이 다투고 있다는 듯했다.

대체 뭐 하는 거람.

범인과 무관한 문제로 싸우고 있다니.

확실히 쿄코 씨는 가장 빠른 속도로 도착했을지 모르지만, 설마 대피조차 끝나지 않았을 줄은 몰랐다. 오토바이에 올라탈 때만 해도 어쩌면 우리가 도착할 즈음에는 '9010'이 설치한 시한폭탄이 발견되었을지도 모른다는 낙관적인 생각을 하고 있었지만 그러기는커녕 혼란스럽기 그지없는 사태가 되어 있었다.

적은 '학예사9010'만이 아니라는 건가…. 정체를 밝혀내고 말고 하기 이전에 폭탄 탐지조차 제대로 하지 못하다니.

벌써 오후 3시가 지난 시각이다. 이제 다섯 시간도 안 남았다.

가장 빠른 탐정에게도 여유롭다고는 할 수 없는 제한시간인
데다, 그 제한시간 자체도 정말 믿어도 될지 모를 일이다. 좌우
간 폭탄이기 때문이다. 설령 '9010'에게 그럴 생각이 없다 해도
접촉 불량이나 설계 오류 같은 인적오류, 예기치 못한 사고 한
번으로 지금 이 순간에 폭발한다 해도 이상할 게 없다.

"진상 규명은 둘째 치고 폭탄 탐지는 탐정의 일이 아닌데 말
이에요. 전문가에게 문지기를 시키다니, 심각한 재능 낭비네요."

사정을 파악한 쿄코 씨는 어이가 없다는 듯 말했다.

"알겠어요. 아무래도 탐정 출입금지라는 규정은 없는 것 같으
니 저를 들여보내 주시면 직원 분들에게 말해서 멍멍이도 입장
할 수 있게 해 달라고 설득할게요. 일하는 개한테는 경의를 표
해야죠."

"그렇게까지 해 주시겠다고요? 그럼 이걸⋯."

토비라이 경부보는 딱히 사양하지 않고 청바지 뒷주머니에서
무언가를 꺼냈다. 뭔가 했더니 경찰수첩이었다.

실수로라도 던져서는 안 될 물건인 데다 애초에 뒷주머니에
넣어 둘 만한 물건도 아니었지만 토비라이 경부보는 그걸 쿄코
씨에게 정확히 던졌다. 목소리와 냄새로 쿄코 씨의 위치를 특정
하고 있는 듯했다.

그게 가능하다면 두 마리의 개를 두고 혼자서 관내에 들어갈 수도 있겠지만, 그러지 않기로 방침을 정한 것이리라. 일하는 개에게는 경의를 표해야 하니.

쿄코 씨가 패스를 받았다.

"제가 아는 디자인과 다르네요. 이건, 더 이상 수첩이 아니지 않나요?"

쿄코 씨는 그런 엉뚱한 소리를 했다. 경찰수첩의 디자인이 '수첩'에서 변경된 것은 상당히 오래전 일이니 이건 망각 탐정의 망각 농담일 것이다. 반응은 좋지 않아서 토비라이 경부보는 쿨하게 농담을 흘려 넘기고 "통행증 대용이에요."라고 말했다.

"폭탄 처리반의 리더에게 그걸 보여 주시면 관내에 있는 대부분의 구획은 그냥 통과시켜 줄 거예요."

그건 그렇겠지만 그렇다고 쉽게 빌려줘도 될 물건은 아닐 텐데. 경찰 오토바이와는 사정이… 경찰 오토바이도 마찬가지이긴 한가. 하지만 익숙한 태도로 미루어 볼 때, 토비라이 경부보에겐 이렇게 빌려주는 경우가 흔한 모양이다. 경찰수첩을, 자신의 신분증명서라고 생각하고 있지 않다. 자신의 증명서는 자기 자신이라고 생각하고 있다.

"아무래도 꽤 파격적인 경부보님 같네요."

"피차일반 아닌가요."

쿄코 씨의 말에 토비라이 경부보가 어깨를 으쓱하며 답했다.

"그러면 담보를 여기 두고 갈게요."

쿄코 씨는 그렇게 말하더니 손에 들고 있던 풀 페이스 타입의 헬멧을 계단에 내려놓았다. …담보라기보다는 바이크에서 내리자 거추장스러워진 물건을 두고 갈 구실로 이용하는 듯 보였지만 토비라이 경부보는 필요 없다고 하지 않았다.

"잘 맡아 두겠습니다."

그리고 건네받은 물건의 표면을 손으로 쓰다듬듯이 만져 확인하고서 이렇게 말을 이었다.

"별종 동료를 만난 김에 충고 하나 하죠. 분명 직원을 설득해 주시면 제 두 마리의 파트너는 출입을 허가받을 수 있겠지만 그 만능 통행증도 그 사람들한테는 전혀 안 통할 거라 생각하고 계세요. 좌우간 이곳의 관장은 열정 만점 걸이거든요."

열정 만점 걸?

뭐지, 저 표현은?

부조리하게 출입을 금지당해서 비아냥거리는 건가 싶기도 했지만, 아무래도 진지한 충고인 듯했다.

"흐음. 말씀해 주셔서 감사해요. 참고로 관장님의 이름은 뭐죠?"

"미술관의 명칭을 보면 아실 텐데요? 마치무라 씨예요. 마치무라 시무레町村市群 관장. 밀레를 따라 한 건 아니겠지만 무레 관장이라고 불리기도 하는 모양이에요."

투비라이 경부보가 선뜻 답했다.

어? 지명이 아니라 사람 이름이었다고?

아니 뭐, 확실히 이곳의 지명은 마치무라시가 아니어서 막연하게 옛날 지명인가, 라고 생각하기는 했지만….

"공립 같은 이름으로 해서 관록 있게 보이고 싶었던 걸까요. 뭐, 살아 계신 분의 이름을 딴 거니 법적으로는 문제가 없어요."

그렇게 말하며 투비라이 경부보는 셔츠 자락을 걷어서 벨트에 채워 둔 수갑을 가리켰다. …아무래도 권총은 없는 듯했지만 그 밖에도 이런저런, 폭탄 처리를 위한 것으로 보이는 도구가 벨트에 매달려 있었다.

안에 들어가지 못하면 그것도 무용지물이겠지만.

"저는 이 애들 일로 살짝 문답을 주고받았을 뿐이지만, 무레 관장님은 정말로 폭탄 같은 분이에요. 조심조심 취급할 필요가 있죠. 물론 진짜 폭탄도 조심하시고요. 찾아내더라도 절대로 손대지 마세요. 찾아내지 못해도 마찬가지고요. 어디 있을지 모를 일이니까요."

"알겠어요. 그럼 나중에 봬요, 투비라이 경부보님."

"네에, 네. 초대해 주시기를 진심으로 기다리고 있겠어요, 이 애들과 함께."

14

어떤 사람이 그 무렵 관장인지는 한눈에 알 수 있었다. 건물의 규모로 미루어 볼 때 그렇게 넓지도 않을 텐데, 마치 미궁처럼 이리저리 굽어진 복도를 지나 무의미해 보이는 계단을 오르락내리락한 끝에 겨우 홀에 도달해 보니 듣던 대로 다툼을 벌이고 있는 두 집단이 있었는데, 살벌한 폭탄 처리반의 면면들보다 더욱 이채를 띠고 있는 여성이 있었다.

무레 관장. 마치무라 관장. 마치무라 시무레.

"몇 번을 말해야 알겠어요. 이 미술관에 전시된 작품은 모두 다 현대미술의 걸작들이라고요. 한 작품도 잃을 수는 없어요. 손가락 하나라도 댔다간 그 즉시 손해배상을 청구할 줄 알아요. 꼭 손을 대야겠다면 영장 먼저 가져오든가요!"

머리카락을 밝은 보라색으로 물들인, 그리고 온몸을 보라색으로 코디네이트한, 관내에서도 목도리를 두르고 있는 그녀가 분명 마치무라 관장일 것이다. 높은 목소리로 호통을 치며 역전의 폭탄 처리반, 그리고 먼저 도착한 수사진을 상대로 한 발짝도 물러서지 않고 맞서고 있었다.

그것도 거의 혼자서. 다른 직원들은 어쩌면 좋을지 몰라 쩔쩔매며 그녀의 뒤에 숨어 있었다. 뭐, 난감해 하고 있는 것은 경찰 팀도 마찬가지로… 폭탄 탐지에 저렇게까지 비협조적인 '피해자'도 보기 드물 것이다.

다들 경황이 없는지 아무도 나와 쿄코 씨가 홀에 들어온 걸 알아채지 못했다.

"아니, 글쎄 영장은 청구했지만… 이제 시간이 없다니까요…"

폭탄 처리반의 리더로 보이는 남성이 어떻게든 마치무라 관장과 교섭을 하려 했지만.

"시간? 여기 모아 둔 작품들에는 전부 영원한 가치가 있다고요!"

대화가 전혀 맞물리질 않았다.

맞물리기는커녕 빈틈만 보이면 물어뜯지 못해 안달이다.

"폭탄이 있다면 우리가 직접 찾아 보이겠어요! 초짜한테는 도저히 맡길 수 없으니, 부디 물러가 주시죠!"

…이거 오해가 있었던 것 같다.

나는 사태를 얕잡아 보고 있었다. 사태를 아주 많이 얕잡아 보고 있었다. 토비라이 경부보에게 이야기를 들었을 때는 어떻게든 관내에서 사람들을 대피시키려는 수사진과 그에 저항하는 직원이라는 구도로 나뉘어 싸우고 있는 줄 알았는데, 완전히 그 반대였다.

직원 쪽이 수사진을 쫓아내려 하고 있다.

다른 사람도 아니고 전문가인 폭탄 처리반을 초짜 취급하다니. 확실히 현대미술이라는 분야에서 보면 그들은 초짜일지 모르지만… 아무래도 마치무라 관장이 경의를 표하지 않는 것은 일하는 동물이 상대일 때만은 아닌 모양이다.

열정 만점 걸이라. 아아, 확실히 열정이 넘치신다.

공정하게 판단을 하자면, 일단 그녀의 예술작품에 대한 열의가 나 따위와 비교도 되지 않는다는 사실은 인정해야 할 것이다. 그런데 같은 편인 직원들까지 식겁할 정도라니.

"어, 어쩔까요, 쿄코 씨."

"무시당하고 있는 것 같으니 무단으로 탐정 활동을 시작하도록 하죠."

"그럴 수는…."

"그렇겠죠? 토비라이 경부보와 약속도 했으니까요. 그러면 카쿠시다테 씨. 그것 좀 빌려주시겠어요? 제 건 전당포에 맡기고 왔거든요."

그렇게 말하며 쿄코 씨가 가리킨 것은 내가 옆구리에 끼고 있던 풀 페이스 헬멧이었다. 경찰수첩을 빌리는 담보로(그런 핑계로) 쿄코 씨가 쓰고 온 것은 밖에 두고 왔는데, 나는 내가 쓰고 온 헬멧을 계속 들고 있었다. 귀찮은 일에 휘말리곤 하는 내 신세만큼이나 귀찮기는 했지만 여기서 이걸로 뭘 어쩌려는 걸까? 모르는 채로 건네자 쿄코 씨는 하얀 머리에 그걸 쑥 뒤집어썼다. 오토바이도 없는 실내에서 라이더 슈트에 풀 페이스 헬멧이라니, 그야말로 입장을 거절당하고도 남을 이상한 차림새다….

그런 생각을 하고 있는데 쿄코 씨는 슬그머니 벽 옆에 세워져 있던 팸플릿 선반에서 '워크숍 안내'라는 전단지를 한 장 뽑았다.

쿄코 씨가 '어른을 위한 종이접기 / 참가비 : 15,000엔'에 관심이 있을 것 같지는 않아서 그 행동에 놀라 멀거니 서 있자니, 그녀는 그런 나는 개의치 않고 전단지를 착착 접기 시작했다. 그 '종이접기'의 결과, 최종적으로 세모난 투구 같은 것이 완성되었다.

아니, 투구가 아니다. 아, 뭘 하려는 건지 알겠다.

하지만 내가 말리기도 전에 쿄코 씨는 그 '투구 비슷한 것'을 하늘 높이 치켜들더니,

"빠아앙!!!"

가장 빠른 속도로 내리쳤다. 총성 같은 소리를 내며.

그 '투구 비슷한 것', 즉 '종이 딱총'을 내리쳤다.

주변의 잡음은 전혀 귀로 들어오지 않을 만큼 흥분해 있던 양측 진형도 이 소리에는 돌아보지 않을 수 없었다. 아무리 흥분했어도 지금이 비상사태라는 사실까지 의식에서 날아가 버리지는 않은 것이다.

그리고 돌아본 곳에는 풀 페이스 헬멧을 쓴 라이더와 수상해 보이는 거한이 있다.

폭탄 처리반도 수사진도, 미술관 직원들과 무례 관장도 단숨

에 냉정해져서 숨을 죽이고… 있는 듯 보였다.

끓던 피가 식었다고 해야 할까… 아니, 핏기가 가신 건 나도 마찬가지지만.

자칫 잘못됐다면 그 자리에서 (진짜 총으로) 사살당했어도 이상할 게 없는 난폭하기 그지없는 초인종이었지만, 쿄코 씨는 모두가 주목한 가운데 광고 모델처럼 상쾌하게 헬멧을 벗고 하얀 머리카락을 찰랑 나부끼더니.

"처음 뵙겠습니다. 탐정인 오키테가미 쿄코예요."

그렇게 자기소개를 하며 토비라이 경부보에게 빌린 경찰수첩을 내밀었다. …엉망진창이다.

15

안타깝지만 쿄코 씨의 교섭술로도 익스텐션과 매니큐어, 그리고 폭탄 처리반의 젊은 에이스, 토비라이 아자나 경부보를 관내로 불러들이지는 못했다. 재빨리 정신을 차린 듯한 무레 관장과 한 치의 양보도 없는 토론을 벌일 때, 폭탄 처리반의 면면들도 말을 거들어 주기는 했지만(토비라이 씨가 에이스라는 사실은 그때 들었다) 마치무라 관장은 완강했다.

사정이 전혀 이해 안 되는 것은 아니었다.

그 이유는 현재 마치무라시 현대미술관에서 열리고 있는 기간 친정 특별전시의 테마가 '동물의 박제'였기 때문이다. 전국에서 수집된 그 예술품들 앞에서 개가 얌전히 있을 리가 없다는 것이 그녀의 주장이었다.

사람 말은 들어 보고 볼 일이다.

뭐, 그게 아니라도 현대미술에는 섬세한 관리가 필요한 전시물도 많을 테니 되도록 동물(인간 포함)을 멀리하고 싶다는 이유도 있을 것이다. 토비라이 경부보에게 한 말에 문제가 있기는 했겠지만 '괘씸하다'고 단정 지은 것은, 미술관 경영진에 대한 내 선입관 때문이기도 했던 것 같다.

"알겠습니다. 일단 물러나도록 하죠."

그런 이유로 쿄코 씨는 경찰수첩을 빌려 놓고서 토비라이 경부보와 한 약속을 지키지 못하게 된 것인데, 한발 물러설 때도 빈손으로 떠나지 않는 것이 바로 망각 탐정이었다. 물러날 때는 괜히 버티지 않고 냉큼 물러나지만, 태세 전환을 하는 속도 역시 누구보다 빠르다. 약삭빠르게.

"그럼 양측 진영 여러분 모두 그대로 합주를… 아니, 의견 조율을 계속해 주세요. 실례 많았습니다. …아아, 맞다. 전시 중인 작품에 손을 대는 게 싫으시다는 건 아주 자알 알겠어요, 그렇다면 **전시구획 이외의 곳**은 마음대로 봐도 상관없으시죠?"

…라는 요상한 논리의 거래를 성립시킨 것이다.

전시구획 이외의 곳은 바꿔 말하면 '관계자 외 출입금지' 구역

일 테고, 그쪽이 훨씬 수준 높은 요구일 텐데도 마치무라 관장은,

"뭐, 그 정도는 허가해 드리지 못할 것도 없죠. 특별히 말이에요."

팔짱을 낀 채 한숨을 내쉬며, 척 봐도 어쩔 수 없다는 듯이 말했다. 그리고 쿄코 씨의 말대로 다시 경찰 팀과 의견 조율을 하기 시작했다.

유라 경부의 의뢰를 받았으니 쿄코 씨도 비공식이기는 해도 수사진의 일원일 텐데 자신(과 나)을 경찰 팀에서 제외했다는 점이 쿄코 씨의 교묘한 성격을 잘 말해 주는 부분일지도 모르겠다. 그리하여 우리는 미술관에서 **예술작품이 없는 관람 경로**를 따라가는 희한한 체험을 하게 되었다.

자동차 아래는 아니지만 이것도 일종의 사각이기는 하다. 경찰이 현재 직원들로 인해 미술품 반출에 애를 먹고 있는 것만 보아도 알 수 있듯, 미술관에 폭탄이 설치되어 있다고 하면 누구든 우선은 작품에 설치되었을 거라 생각할 것이다. 적어도 전시구획에 설치되었을 것이라 생각할 거다.

미술관의 메인 무대는 그곳이기 때문이다.

하지만 범인은 '학예사9010'이라는 이름을 쓰고 있다. 학예사 특유의 시점을 도입하자면 메인 무대가 아니라 무대 뒤 또한 본질적으로는 미술관이라 할 수 있을 것이다.

경찰 팀이 어떻게든 저 관장을 논파할 때까지 걸릴 시간을 허투루 쓰지 않기 위해(논파가 가능할 경우의 이야기지만) 그 사이에 별동대로서 허가받은 최소한의 구역만이라도 먼저 탐색을 끝내 둔다는 것은 타협안이라기보다 직원 측에서도 납득할 만한 절충안일 것이다.

그냥 '이긴 듯한 기분'을 안겨 주기만 한 게 아닌 거다.

"사실 개를 좋아하는 것 같던데요, 저 관장님?"

막 '관계자 외 출입금지' 간판을 지나쳤을 즈음, 쿄코 씨가 그렇게 말했다.

"대기 화면이라고 하나요? 이야기 도중에 슬쩍 보였는데 메시지 알림이 뜬 스마트폰 화면에 목줄을 찬 멍멍이와 본인이 같이 찍은 사진이 떠 있었거든요."

"네에…."

그 상황에서 용케도 봤다. 인간 관찰은 탐정의 기본 스킬이라지만 불과 몇 시간 전까지 터치 패널에 관해서도 잘 몰랐던 것치고는 경이로운 학습 능력이다. 나는 그녀의 온몸을 감싼 퍼플 컬러가 너무 강렬해서 그 이외의 정보가 머리로 잘 들어오지 않았다. 실제로 이렇게 떨어지고 나니 대기 화면은커녕 어떻게 생겼었는지조차 잘 기억나지 않았다.

"확실히 저 코디네이트는 납득할 수 없었죠. 옷 자체는 좋아 보였으니 저였으면 보라색을 기조로 하더라도 다른 색을 가미해서 포인트를 줬을 거예요."

깐깐하다. 돈 문제에 깐깐한 탐정은 패션에도 깐깐했더랬다.

"저분 본인도 예술가일까요?"

"그렇지는 않은 것 같아요. 어디까지나 현대미술의 전시를 총 괄하는 게 전문 같던데….'

아무래도 홀을 떠나면서 그 팸플릿 선반에서 '관내 안내도'를 잽싸게 빼 왔던 것인지, 쿄코 씨는 '관장의 인사말'이라는 페이 지를 펼쳐 내게 건넸다.

거기 실린 사진도 자기주장이 강하기는 했지만, 프로필에는 최종적으로 대체 무슨 소리를 하려는 건지 잘 알 수가 없는 추 상적인 이야기만 줄줄 적혀 있을 뿐 자신을 '예술가'라고 소개하 는 말은 어디에도 쓰여 있지 않았다.

어디까지나 '큐레이터'라고만 적혀 있었다. 관장이라는 신분 이기는 해도 현장 의식이 강한 사람인지도 모르겠다. 현장을 벗 어나지 않는 리더라고 표현할 수도 있겠지만….

"본인의 인식은 둘째 치고, 말을 나누어 본 바로는 큐레이터 라기보다 컬렉터 기질이 강한 것 같네요. 그렇기에 그 모든 것 이 폭탄에 날아가 버릴지도 모른다는 걸 견딜 수가 없는 거겠죠."

"하지만 저렇게 계속 눌러앉아 있는다고 상황이 나아지지는 않잖아요."

"그래서 우리 같은 유격부대의 출동을 허락해 준 거잖아요."

그도 그렇지만 토비라이 경부보가 경찰수첩을 빌려주지 않았다면 일이 이렇게까지 잘 풀리지 않았을 것이다. 그 때문에 그녀와의 약속을 전혀 지키지 못한 것이 마음에 걸리기도 했다.

"걱정 마세요. 무레 관장님이 조금만 더 냉정해지시면 제가 다시 한번 정중하게 부탁해 볼게요. 앞서 말씀드렸듯이 폭탄 처리는 탐정의 전문 분야가 아니니까요."

그다지 기대가 안 되는 전개이기는 하지만… 뭐, 지금은 토비라이 경부보뿐 아니라 폭탄 처리반 전체가 기능부전에 빠져 있어서 전문이니 비전문이니 하는 기준으로 영역싸움이나 할 상황이 아니라는 것도 사실이었다.

무대 뒤라고는 해도 미술관은 미술관이라고 해야 할지, 복도 벽이며 곳곳에 회화 작품이나 태피스트리 같은 것이 전시되어 있었다. 방문객의 눈에 띄지 않는 공간이라고 긴장을 풀었다간 실수로 작품을 손상시켜 마치무라 관장의 분노에 기름을 붓게 될지도 모른다.

뭐, 폭탄을 찾는 도중에 긴장을 풀 일은 아무리 생각해도 없을 것 같지만….

"착각하지 마세요, 카쿠시다테 씨. 폭탄을 찾는 일도 중요하지만 우리의 제1목표는 진범인 '9010'을 특정하는 거니까요. 다름이 아니라 당신에게 누명을 씌운 원수 같은 범인을 밝혀내는 거라고요. 바보 같은 영역싸움은 내버려 두고 우선은 본분을 다

해야죠."

　그랬다.

　내 입장에서 사건의 발단은 그랬다.

　입체 주차장 폭파 사건에 대한 누명을 벗는 게 목적인 것이다. 나의 좋지 않은 점 중 하나인 줄은 알지만, 분위기에 휩쓸려 이 미술관을 지키는 게 나의 사명이라고 생각하고 있었다.

　아니었다. 그게 아니다.

　나는 지극히 개인적인 입장에서 내 몸을 지키고자 오키테가미 탐정 사무소에 도움을 요청한 것에 불과하다. 본질적으로 나는 파리까지 여행을 가 놓고 루브르 미술관(박물관)에 가지 않았을 만큼, 예술이라고는 쥐뿔도 모른다.

　미술관 측이 출입을 금지해야 할 사람은 나였을지도 모를 정도다.

　하물며 현대미술은 오죽하겠는가.

　"현대미술이라. 제게는 미래 같은 느낌이지만요. 제게 현대는 머나먼 과거거든요."

　경찰수첩의 디자인에 관해 망각 농담을 날리기는 했지만, 그 감각은 망각 탐정에게 필연적인 것이라 할 수 있었다. 거듭 말하자면, 터치 패널의 진화에 놀라는 '현대인'은 요즘 세상에 없기 때문이다.

　타고난 학습 능력으로 오늘 기억한 미래도 내일이면 잊는다.

시한폭탄이 설치되어 있지 않아도 쿄코 씨에게는 매일이 타임 리밋 서스펜스인 것이다.

쿄코今日子 씨에게는 오늘今日밖에 없다.

"…혹시 '9010'의 목적은 미술관에 전시되어 있는 미술품이 아니라, 저 관장은 아닐까요?"

나는 오토바이를 타고 달리던 중, 인터콤을 통해 의논했던 '범인의 목적'에 관해 문득 떠오른 바를 말해 보았다. 저 관장의 성격. 저 괴팍함. 누구에게 원한을 샀어도 이상할 게 없다는 생각도 편견에 의한 선입관일까. 처음에 미술관이 공격받고 있다는 이야기를 들었을 때는 작품 제작자에게 원한을 품은 자의 범행이 아닐까 했다.

하지만 이렇게 직접 와서 보니 딱히 단일 작가의 작품을 모아 둔 미술관은 아닌 듯했고, 그렇다면 컬렉터 기질이 다분한 관장… 좋은 의미로나 나쁜 의미로나 저토록 예술을 사랑하는 관장에게 정신적인 대미지를 입히기 위해 송두리째 날려 버리려는 것은 아닐까.

"흐음. 정신적인 대미지 정도가 아니라 미술관을 폭파하면 관장님은 경제적으로도 막대한 대미지를 입게 되겠죠."

쿄코 씨가 맞장구를 쳤다.

설마 쿄코 씨가 내 의견을 존중해 줄 줄이야.

"전시되어 있지 않은, 맡아 두고 있는 작품들도 적지 않을 테고요."

"그렇겠죠."

입체 주차장처럼 느닷없이, 아무 전조도 없이 폭파하는 게 아니라 사전에 예고를 하고 굳이 제한시간을 둔 것은 마치무라 관장을 괴롭히기 위해서일까…? 아니, 더 나아가서 '9010'은 마치무라 관장이 저런 식으로 농성할 걸 예상하고 예고 동영상을 업로드한 게 아닐까?

다시 말해서 정신적인 대미지나 경제적인 대미지는 물론이고, 치명적인 대미지를 입히려 하고 있는 것은….

"글쎄요, 카쿠시다테 씨. '9010'은 되도록 사상자가 나오지 않게끔 일을 진행하고 있는 걸로 보여요. 범인을 마치무라 관장님에게 원한을 품은 자로 한정해 보자는 건 그럭저럭 괜찮은 의견 같기는 하지만, '9010'이 이 사태를 기대하고 있었을 것 같지는 않아요. 왜냐하면 이대로 가면 관장님뿐 아니라 수사진에 직원들까지 모조리 다 휘말려 들지도 모르잖아요."

듣고 보니 그렇다. 우리도 전개에 따라서는 휘말려 들지도 모를 일이다.

"그보다 이 혼란스러운 상황은 '9010'에게도 예상치 못한 일인 것 같은 기분이 들어요."

"네? 예상치 못한 일이라뇨?"

"예고 동영상에서 '9010'은 **노골적으로** 대피를 촉구했으니까요. 제한시간을 둔 건 괴롭히기 위해서라기보다는 말 그대로 유예를 주고 싶었던 거라고 보는 게 좋지 않을까요. 쏙파라는 범죄를 기획해 놓고 어째서 그렇게까지 부상자를 발생시키고 싶어 하지 않는 것인지는 모르겠지만⋯ 유라 경부님이 말씀하셨던 '미학'이라는 걸까요? 아무튼 마치무라 관장님의 저 기이한 행동에 가장 골치를 썩고 있는 사람은 어쩌면 '9010'일지도 몰라요."

흐으음.

도발이라고만 생각했던 말이 '절실한 SOS 신호'일 가능성도 있다고 하고⋯ 범인상犯人像을 유추해 내는 것도 정말이지 쉬운 일이 아니다. 하지만 전지전능한 명탐정名探偵이라는 것이 환상에 불과하듯, 모든 일을 계획대로 진행할 수 있는 완전무결한 명범인名犯人 또한 환상에 불과할 것이다. 자신의 뜻대로 놀아나고 있는 우리를 보고 어디선가 큰 소리로 웃고 있는 괴인 같은 건 없다.

오히려 각자가 독자적인 판단에 근거해 전혀 의도한 대로 움직여 주지 않는 수사진과 미술관 직원들을 보고 '9010'이 마음을 졸이고 있는 모습을 상상하자, 이 사태가 더욱 우스꽝스럽게 느껴졌다. ⋯웃을 일은 아니지만.

"단, 카쿠시다테 씨가 말씀하신 '9010'의 목적이 마치무라 관장님이 아닐까 하는 추리 자체는 성립될 여지가 있어요. 범인

특정이 임무인 탐정 팀으로서는, 시간이 허락된다면 나중에 본
인에게 확인하고 싶은 부분이네요."

시간이 허락된다면, 이라….

허락되지 않을 것 같지만, 이라는 생각에 내가 참지 못하고 넌
더리를 내며 고개를 가로저은 그때… 문득, 마치 만화에서 말하
는 집중선이라도 그어진 듯이 내 시야로 날아든 것이 있었다.

그것은 째각째깍 소리를 내며.

오후 8시를 향해 바늘을 움직이고 있는 탁상시계였다. 유리가
벗겨진 그 시계의 문자판에는, 마치 회화 작품의 구석에 새겨지
는 서명처럼 그림물감으로 '9010'이라고 적혀 있었다.

16

경찰서에 있는 친구로부터 연락이 끊겼을 때, '학예사9010'은
아무래도 무대는 완전히 마치무라시 현대미술관으로 옮겨진 것
같다고 판단했다. 예정대로라고는 하기 어려운 전개지만 현재
까지는 임기응변으로 대응하는 데 성공하고 있다고 자기 진단을
내렸다.

다만 미술관 직원의 농성이 아직 해결되지 않은 것이 머리를
아프게 했다. 손을 쓰기는 했지만 아직 움직임이 없다.

교착 상태다.

망가 탐정이 상황을 잘 뒤흔들어 주면 좋으련만… 하지만 실제로 저 오키테가미 쿄코가 폭탄 탐지 작업에 참가한 이상 그쪽만 걱정하고 있을 수는 없는 일이다. 의외로 어이없게 이쪽의 목적을 간파해 낼지도 모르기 때문이다. 어째서 미술관을 폭파하려 하는 것인지, 그 동기를 간파당하는 일은 그대로 '학예사 9010'의 정체로 이어질 것이다.

그건 바람직하지 않다.

바라건대 예술작품이 아니라 마치무라 관장의 목숨을 노린 범행이라고 오인해 주었으면. …그렇게 만들기 위해 그 '탁상시계'를 '그 방'에 설치한 것이니.

17

그곳은 관장실이었다.

의식적으로 탁 트인 환경의 직장이 되도록 한 것인지, 마치 해외의 벤처 기업처럼 사무동의 각 방에는 문이 없었다. 가림막으로 나뉘어 있을 뿐, 복도에서 실내를 들여다볼 수 있었다.

그래서 세련된 보라색 명패에 '관장실'이라 적힌 그 방의 내부도 내가 우연히 들여다볼 수 있었던 것이다. 봐서는 안 될 것을 봤다고 표현해야 할 것 같지만.

탁상시계.

'9010'의 서명이 적힌 탁상시계.

심지어 그 탁상시계는 작업용 책상 위에 놓인 노트북과 컬러풀한 코드로 접속되어 있었다. 누가 봐도 폭탄이다. 숨길 생각도 없는 듯 보였다. 만약 전시구획에서 이걸 보았다면 신진기예 아티스트의 의욕적인 작품이 분명하다고 판단했을 거다. 하지만 이곳은 저 명물 관장의 사무실이다. 의욕이 느껴지기는 해도 방향성은 전혀 다르다.

본인만큼 자기주장이 강한 방은 아니었다.

명패는 보라색이지만 오히려 기능적이고 사무적인 구조로 되어 있다. 어쩌면 저 괴짜 같은 패션은 미술관 관장으로서의 일종의 상징일지도 모른다는 생각이 들었다.

그런 생각을 할 때가 아니었지만 현실도피를 하지 않을 수 없었다.

주변을 홱 둘러보았지만 탁 트인 사무동에는 아무도 없었다. 다들 홀에 집합해 있기 때문이다. 크윽…. 사각을 노리기는커녕 관장실에 폭탄을 설치하다니, '9010'은 정말이지 대담한걸.

쿄코 씨는 단언하지 않았지만 역시 '9010'은 무레 관장의 목숨을 노리고 있는 게 아닐까? 그렇게 볼 수밖에 없다. 서둘러 돌아가서 폭탄 처리반의 누구든를 불러 와야… 아아, 하지만 그러려면 관장의 허가를 받아야 할 텐데… 이미 허가 같은 걸 받을 상황이… 무리를 해서라도 데려와야… 폭발하려면 아직 시간이 남아 있으니….

여러 가지 생각이 머릿속에서 빙글빙글 소용돌이친 결과 직립 부동 자세로 굳어 버린 내게서, 쿄코 씨가 이번에는 조금 전 같은 사전 요청도 없이, 심지어 강제로 낚아채듯이 풀 페이스 헬멧을 강탈했다.

그리고 또다시 헬멧을 썼다. 가장 빠른 속도로 빼앗은 헬멧을 가장 빠른 속도로 썼다.

이럴 수가, 이 돌발적인 위기 상황에 순간적으로 자기 혼자만 살겠다는 판단을 내리다니! 그런 사람일 줄 알았어요! 하지만 그런 사람은 아니었는지 쿄코 씨는….

"여보세요! 들리시나요, 토비라이 경부보님!"

고함을 치듯 큰 소리로 혼잣말을 했다. …아니, 혼잣말이 아니다.

토비라이 경부보를 부른 것이다.

하지만 입장을 금지당한 토비라이 경부보를 건물 안에서 부른들… 아아, 아니다. 헬멧이다. 헬멧 안에 설치된 인터콤이다. 쿄코 씨는 만능 통행증인 경찰수첩을 빌리는 담보로 미술관 입구에 자신의 헬멧을 두고 왔더랬다. 그때 인터콤을 끄지 않았던 건가.

물론 일부러 그랬을 거다.

무슨 일이 생기든, 아무 일도 안 생기든, 폭탄 처리의 전문가와 언제든 연락을 취할 수 있는 연락망을 깔아 둔 것은 만일의 사태 때 필요할 것이라 생각한, 쿄코 씨의 일류 위험 회피 능력이 내린 판단이었을까.

아무리 그래도 이렇게까지 '만일의 사태'가 벌어질 거라고는 예상하지 못했겠지만… 아무튼.

[들립니다. 오버.]

응답을 한 모양이다. 볼륨을 조정한 것인지 토비라이 경부보의 목소리가 헬멧 안쪽에서 흘러나왔다.

토비라이 경부보도 관내로의 입장 허가 소식을, 헬멧을 쓴 채 이제나저제나 기다리고 있지는 않았을 테지만 대응이 빨랐다. 저 젊은 나이에 에이스로 불릴 만도 하다. 쿄코 씨의 속도에 즉시 반응하다니.

[무슨 일이 있었나요, 쿄코 씨? 오버.]

"폭탄이 있었어요. 오버."

쿄코 씨는 인사를 생략하고 단적으로 말했다.

너무 단적이다.

"사무동의 관장실이에요. 이쪽은 저와 카쿠시다테 씨 둘뿐이고, 폭탄 처리반 분들이 계신 홀에서 상당히 떨어진 곳까지 들어와 있어요. 어떻게 하는 게 좋을까요? 오버."

[보통은 우선 진정하세요, 라고 말해야겠지만 당신에게 그 공정은 필요하지 않을 것 같네요, 탐정님.]

분위기를 누그러뜨리기 위해서인지, 토비라이 경부보는 그런 소리를 하더니,

[현재 시각은 오후 3시 50분. 예고 동영상이 사실이라면 아직 폭발까지는 네 시간 이상의 유예가 있겠죠. 어떻게 생겼는지 말씀해 주세요, 오버.]

그렇게 말을 이었다.

쿄코 씨는 빠른 말투로, 하지만 정확하게, 그리고 상세하게 작업용 책상 위에 놓인 탁상시계의 모습을 설명했다. 시계뿐 아니라 노트북의 제품 번호까지 꼼꼼하게.

그 설명을 들은 토비라이 경부보는….

[시계는 페이크군요. 컴퓨터에 접속된 코드도 실제로는 어디로도 연결되지 않은 장식일 겁니다. 겉모습을 폭탄처럼 보이기 위한 허세라고나 할까요.]

그렇게 대답했다.

[그러니 좀 전에 한 말을 취소하겠어요. 이렇게 되면 시계판의 숫자는 믿을 수 없어요. 알람용 바늘이 오후 8시를 가리키고 있더라도 폭파 시각은 오후 7시일 수 있어요. 1분 후일지도 모르고, 1초 후일지도 몰라요. 오버.]

그렇게 담담하게 앞서 한 말을 철회하신들….

입장 금지 상태인 데다 이 자리에 있지도 않은데 저렇게까지 단언할 수 있다니, 라며 전문가의 능력에 놀랐지만… 그렇군,

쿄코 씨가 익스텐션과 매니큐어 역할을 대신할 수 있다면 토비라이 경부보는 이 자리에 있을 필요가 없는 것이다.

이 방법이 가장 빠르다.

쿄코 씨는 둘째 치고 나는 다소 마음을 가라앉히는 게 좋을 것 같다.

"카쿠시다테 씨는 폭탄 처리반 분들을 불러와 주세요. 왔던 길로 되돌아갈 수 있겠어요?"

"뭐, 뭐어. 왔던 길로 돌아가는 것 정도야…."

쿄코 씨의 재촉에 나는 말을 더듬으면서도 그렇게 장담했다. 저 대립구조 사이에 또 한 번 끼어들려면 나름의 용기가 필요하겠지만, 그런 소릴 할 때가 아니다.

"쿄, 쿄코 씨는 어쩌실 거죠? 이대로 여기 계실 겁니까?"

감시를 한다 쳐도 폭탄 처리반이 도착할 때까지 이 방에서 어느 정도 거리를 두는 게 좋지 않을까 싶어서 던진 질문이었지만.

"네. 이대로 여기 있겠어요."

쿄코 씨는 팔을 걷어붙였다.

하지만 평소처럼 여유로운 미소를 짓고 있지는 않았다.

"토비라이 경부보의 지시에 따라, 조금이라도 빨리 폭탄 처리를 진행해 둘 테니… 조금이라도 빨리 불러와 주세요."

18

왔던 길로 되돌아가는 것 정도는 할 수 있다고 단언했었지만, 나는 길을 잃고 말았다. …진짜 바보 아냐?

변명을 하자면 사무동까지의 길이 미로처럼 되어 있었다. 그런데 팸플릿을 봐도 배치도에는 전시구획만 그려져 있어서 '관계자 외 출입금지' 구획에서 좀처럼 탈출할 수가 없었고, 겨우 탈출했다 싶었더니 들어갔던 곳과 다른 장소로 나오고 말았다.

길을 잃고 이세계에 들어오기라도 한 걸까, 나는.

그럼에도 어떻게든 입구 홀에 도착한 나를 가장 먼저 반긴 것은 마치무라 관장의,

"복도에서 뛰지 마세요!"

…라는 말이었다. 스무 살 넘은 사람이 들을 만한 주의사항이 아니다.

당신의 방에 폭탄이 설치되어 있었다고 보고했을 때, 가슴이 후련하지 않았다고 하면 거짓말이 될 거다. 요지부동이던 직원들은 내가 전한 정보에 어리둥절해 했고, 대조적으로 그들에게 애를 먹고 있던 수사진은 순식간에 전문가다운 표정을 한 채 이동을 개시했다. 더 이상 일일이 마치무라 관장의 허가를 받으려 하지는 않았다.

뭐, 당사자인 마치무라 관장만은 미술관 직원들 가운데 유일

하게 이성을 유지한 채 처리반에 동행했다. 아마도 그녀가 길안 내를 해 주지 않았다면 일동은 가장 빠른 루트로 관장실에 도달 하지 못했을 거다.

나름의 오기로 보이기도 했지만, 그보다는 관장으로서의 책임 감 때문에 도망치거나 일을 내팽개치지 않는 듯했다. 나였다면 당황해서 멀거니 선 직원들 이상으로 아무것도 못 했을 텐데.

그리고 나름 가장 빠른 속도로 관장실에 다시 들어서 보니.

쿄코 씨는 기진맥진한 듯 바닥에 주저앉아 있었다. 그 뒷모습 을 보자 곧장 불안감이 엄습했다. 실패한 걸까. 역시 팔을 걷어 붙이고 직접 대처하기보다는 얌전히 프로가 도착하기를 기다 리라고 설득했어야 했을까. 하지만 그 급박한 상황에서는 토비 라이 경부도 그렇게 판단을 할 수밖에… 하지만 그런 쿄코 씨 의 앞에는 낱낱이 분해된 노트북의 부품들이 가지런히 놓여 있 었다.

방에 비치되어 있던 도구들만으로 디지털 기기를 저렇게까지 철저하게 분해했다는 게 믿기지 않을 정도의… 단순히 토비라이 경부의 적절한 지시 덕분이라는 말만으로는 설명이 되지 않을 만큼 정교한 해체 작업이었다.

뭐, 폭탄 처리는 둘째 치고 '낱낱이' 파헤치는 건 명탐정의 업 무 범위라 할 수 있으리라. 저만큼 작업을 해 두었으니 뒷일은 프로에게….

"어머, 카쿠시다테 씨. 생각보다 빨리 오셨네요."

쿄코 씨는 바닥에 주저앉은 채 이쪽으로 고개를 돌리며 말했지만, 상황 때문에 비아냥거리는 말로만 들렸다.

"오, 오래 기다리게 해서 죄송합니다… 가 아니라 수고 많으셨습니다, 쿄코 씨. 뒷일은 이 사람들에게 맡기고…."

"괜찮아요. 폭탄은 아니었으니까요."

라고.

쿄코 씨는 헬멧을 쓴 채 싱겁게 말했다.

"시계뿐 아니라 컴퓨터 쪽도 페이크였어요. 어딜 어떻게 들여다봐도 폭탄은 없었어요."

"…네?"

내가 착각을 한 건가? 자라 보고 놀란 가슴 솥뚜껑 보고 놀란다고… 겁에 질린 내가 평범한 시계와 노트북을 폭탄으로 착각한 것뿐인가?

아니아니, 아니다.

탁상시계에는 '9010'의 서명이 있지 않았던가. 그게 폭탄마의 짓이라는 것은 분명한 사실이다. 그래서인지 폭탄은 아니었다는 정보를 듣고도 처리반 대원들과 방의 주인인 마치무라 관장의 표정은 전혀 밝아지지 않았다.

오히려 이렇게 되고 나니 이 '탁상시계'가 페이크였다 쳐도 미술관은 범인의 침입을 허용하고 말았고, 그것도 모자라 '진짜 시한폭탄'은 아직 발견하지 못했다는 엄연한 현실이 눈앞으로 다가왔다.

도리어 그 현실의 현실감이 짙어졌다.

현재 시각은 오후 4시 30분.

남은 시간은 최대 세 시간 반….

"마치무라 관장님."

나를 비롯한 모두가 파랗게 질린 얼굴로 굳어 버린 가운데, 쿄코 씨가 관장에게 말했다.

"가짜이기는 했지만 이 해체 작업을 주도한 건 제가 아니라 현재 이 미술관의 문지기 역할을 맡고 있는 토비라이 경부보예요. 원격 조종 로봇 노릇을 한 몸으로서 말하자면, 진짜 폭탄을 찾아내기 위해서는 토비라이 경부보의 스킬이 반드시 필요하다고 생각해요. 더없이 소중한 전시품을 보전하고 싶다는 관장님의 심정은 잘 알겠지만, 그렇기에 더더욱 토비라이 경부보와 경부보의 소중한 두 마리의 파트너를 입장시켜 주셨으면 해요. 예술을 지키기 위해서라도요."

인터콤이 내장된 풀 페이스 헬멧을 쓰고 있으니 부탁을 하는 쿄코 씨의 말은 당사자인 토비라이 경부보에게도 전해지고 있을 것이다. 이런 타이밍에, 기가 막힌 타이밍에 토비라이 경부보와의 약속을 지키고자 내뱉은 망각 탐정의 강력한 의견 제안을, 마치무라 관장은 받아들일 수밖에 없었다.

19

완전히 연락이 끊긴 줄만 알았던 경찰서에 있는 친구가 다시 연락을 해 왔을 때, '학예사9010'은 '아아, 돌이킬 수 없는 문제라도 생겼나 보다' 하고 긴장했지만, 그런 게 아니었다. 수사진에 반발하듯 농성을 하던 마치무라 시무레 관장과 일부 직원들의 신병을 보호 및 사정청취라는 명목으로 마치무라시 현대미술관에서 경찰서로 옮기기로 했다는 보고였다.

다행이다.

계획했던 바와는 다르지만 관장실에 설치한 '탁상시계'가 먹혀든 모양이다. 그 완강한 명물 관장도 자신의 방에 폭탄이 설치되어 있었다는 데에는 기가 꺾일 수밖에 없었으리라.

어이쿠, 폭탄이 아니라 폭탄 같은 것이지.

직원들의 농성 및 대피 거부는 '학예사9010'에게 전혀 예상치 못한 사태였기 때문에 그 자리에 있던 재료만 가지고 얼기설기 공작을 할 수밖에 없었고, 실제로도 상당히 조잡해서 솔직히 말하자면 완성도가 전혀 만족스럽지 않은 '작품'을 전시해야 하게 되었지만, 결과가 좋으니 됐다.

품을 들여 불러들인 망각 탐정이 팔면육비八面六臂의 대활약을 펼쳐 준 일도 매우 만족스러웠다. 경찰 오토바이를 타고 미술관에 왔을 때나 이미 역할을 마친 카쿠시다테 야쿠스케를 동반한 일 등, 예상을 훌쩍 뛰어넘은 망각 탐정의 동향을 생각하면 결코 마음을 놓을 수가 없었지만 아직까지는 일이 순조롭게 풀리고 있다 해도 될 것이다.

더불어.

경찰서에 있는 친구의 보고에 따르면 직원들과 교대하는 모양새로 수사 주임인 유라 경부와 그가 이끄는 팀이 드디어 마치무라시 현대미술관에 도착했다고 한다. 현장 담당 지휘관이니 언젠가 오실 줄은 알았지만 미술관 직원들에 대한 사정청취, 특히 마치무라 관장에 대한 사정청취를 유라 경부가 담당하지 않는다는 것은 '학예사9010'에게 너무도 잘된 일이라 다소 놀라기도 했다.

마침 교대라도 하는 듯한 타이밍에 도착한 것이 '학예사9010'에게는 전화위복이 된 셈이다. 우수한 경부가 직접 마주 보고 취조를 하면 '학예사9010'의 목적은 마치무라 관장의 목숨이 '아니다'라는 사실이 들통나고 말지도 모르기 때문이다.

물론 언젠가 밝혀지기야 하겠지만 그 '언젠가'가 오후 8시 이후가 된다면 그보다 좋을 수는 없을 거다. 엉뚱한 방향으로 수사가 진행될수록 '학예사9010'은 목적 달성에 가까워질 수 있다. 때문에 '학예사9010'에게 전해진 두 개의 뉴스는 그야말로 낭보였다.

뭐, 경찰서에 있는 친구에게는 미안하지만 이 보고는 굳이 해주지 않아도 상관없었다. 마치무라 관장 일행의 퇴장 소식도, 유라 경부 일행의 도착 소식도 어차피 금방 알게 될 일이었으니까.

지금 현재, 마치무라시 현대미술관 관내에 숨어 있는 '학예사9010'에게는… 그야말로 시간문제였던 것이다.

아니, 뭐든 빠를수록 좋기야 하지만.

빠르면 누구도 따라오지 못할 테니.

관장실에 즉석 '탁상시계'를 설치하고도 '학예사9010'은 미술관을 떠나지 않았다. 왜냐하면 '학예사9010'에게는 지금부터가 본 공연이라고 할 수 있었기 때문이다.

20

수사 중 사고로 시력을 잃었다고 하면 대부분의 사람은 '그럼 눈앞이 전혀 안 보이겠네요'라고 오해한다. 토비라이 경부보는 귀찮아서 '네, 그래요'라고 대답하고 마는데, 실제로는 그렇게 간단한 문제가 아니다.

시력 상실에도 단계와 종류가 있다.

뭉뚱그려 말할 수 없는 문제인 것이다.

토비라이 경부보의 경우 분명 폭탄 처리 도중에, 지금 생각하면 어처구니없는 실수를 해서 빛을 영원히 잃게 되었는데 '빛'은 보이지 않게 되었어도 '그림자'는 볼 수 있었다.

문자 그대로 그림자 혹은 음영을 말하는 것으로, 요컨대 빛이 없는 부분이 선글라스 너머로 두드러져 보이는 것이다. 선명하게. 이 세상의 그림자만을 볼 수 있다고 하면 마치 중학생의 헛소리처럼 들려서 경솔하게 느껴질지 모르지만, 얄궂게도 그런 시야를 가지게 된 덕에 그녀의 폭탄 처리 스킬은 비약적으로 진화했다. 좌우간 '사람들의 눈에 띄지 않는 곳'만 보이게 되었기 때문이다.

폭탄마가 폭탄을 숨길 만한 장소를 감각적이 아니라 시각적으로 알게 된 것이다. 그리하여 폭탄 처리반의 젊은 에이스, 토비라이 아자나가 탄생했다.

양견兩犬 아자나.

쿄코 씨 덕분에 겨우 일을 할 수 있게 된 토비라이 경부보는 골든 리트리버 안내견 익스텐션을 좌측에 거느리고, 도베르만 경찰견 매니큐어를 앞장 세워 우선 관내의 전시구획을 가볍게 한 바퀴 돌았다. 뜻밖에도 경찰서로 이동하는 도중에 마치무라 관장이 사과를 건넸는데, 그때도 관장은 모쪼록 개가 전시품을 훼손하지 않도록 주의해 달라고 못을 박는 걸 잊지 않았다.

　파트너를, 다시 말해서 자신의 '눈'을 모욕당한 듯한 기분이 들기도 했지만 폭탄마가 자신의 방에 침입한 식후에 나온 날런 이라, 양해하고 사과를 받아들이기로 했다. 관장이 익스텐션과 매니큐어를 마구 쓰다듬고 싶은 충동과 싸우고 있다는 것이 똑똑히 느껴졌기 때문이기도 했다.

　그보다 더 화를 부추긴 것은, 전적으로 관장의 책임이라 할 수는 없겠지만 미술관에 사회적 약자를 위한 시설적인 배려가 전혀 없다는 사실이었다. 관내의 구조도는 사무동의 것까지 머릿속에 들어 있었지만 도면만으로는 알 수 없는 단차와 설치물이 이곳까지 오는 동안 일일이 발목을 잡았다.

　바닥에 경사가 있거나 무의미하게 통로가 구불구불해서 그냥 걷기도 힘들다. 익스텐션도 당황한 듯했다. 이는 토비라이 경부보 개인적인 감상이 아니라, 실제로 농성부대가 철수하고 겨우 시작된 폭탄 처리반의 수색 활동도 지지부진했다. 현장 자체가 너무 특이해서 평소의 수순대로 작업을 진행할 수가 없는 것이다.

　일단 대략적인 탐색을 마쳤음에도 폭탄은 발견되지 않았는데, 놓친 부분이 있어서인지 아니면 애초부터 폭탄 같은 게 설치되어 있지 않았던 것인지 판단하기가 어려웠다.

　폭탄 처리반의 리더와 의논한 결과, 역시 아직 안전하다고 선언할 수는 없을 것 같아 이번에는 각자 다른 코스를 찾아보기로 했다.

해 보자.

그럼 이번에는 카페 코너 주변을 찾아보고자 마음을 새로이 하던 참에 등 뒤에서 누구든가 내게 다가오는 기척이 느껴졌다. 냄새와 발소리로 대충은 알 수 있다. 한 시간 정도 전, 입구에서 풀이 죽어 있을 때 지나쳐 간 인물, 지나쳐 간 탐정이었다.

"무슨 일이신가요, 쿄코 씨?"

"어머."

말을 붙이기 전에 이쪽에서 말을 걸자 그녀는 놀란 시늉을 했다. 하지만 곧바로 "아뇨, 조금 전 일에 대한 감사 인사를 아직 못 한 것 같아서요."라고 말했다.

감사 인사? 아아, 경찰수첩을 빌려준 것 말인가?

"그것도 있지만 폭탄 해체 수순을 알려 주셨잖아요."

쿄코 씨는 그렇게 말하며 토비라이 경부보의 정면으로 돌아든 듯했다. 가장 빠른 탐정이라고들 하는데 알고 보면 '가만히 있을 줄을 모르는 탐정'인지도 모르겠다. 폭탄 처리반이 본격적으로 움직이기 시작하고서도 이리저리 분주하게 돌아다니는 것 같았기 때문이다(그 바람에 인사할 타이밍을 놓쳤다).

그림자가 보인다. 망각 탐정의 실루엣이.

꽤나 아담한 몸집의 귀여운 탐정인 것 같다. 토비라이 경부보는 키가 큰 게 콤플렉스라 부럽다는 생각이 들었다.

토비라이 경부보는 어깨를 으쓱하며,

"어차피 가짜였으니까요."

라고 쿄코 씨에게 답했다.

"오히려 감사 인사를 할 사람은 저죠. 덕분에 제대로 된 일을 하게 됐으니까요. …문지기도 즐거웠지만요."

"그 문지기 일로 잠시 드릴 말씀이 있는데요."

"?"

문지기 일로?

쿄코 씨는 빙긋 웃었다. …그건 말 그대로 그늘* 없는 미소였다.

그래서 토비라이 경부보는 그 진의를 알 수가 없었다.

"바쁘신 와중에 죄송하지만 차라도 한 잔 하시겠어요? 비밀리에 상의하고 싶은 게 있거든요."

"……."

비밀 유지 의무를 절대 엄수하는 망각 탐정이 '비밀'이라는 말을 강조하니 한없이 불안해질 따름이었다.

21

※그늘 : 일본어 '影(카게)'에는 '그림자'와 '그늘'이라는 의미가 있다는 데서 착안한 말장난.

미술관에 병설된 카페 '라테 아트'는 아무래도 농성을 강행하던 마치무라 관장 일파와는 파벌이 다른지 예고 동영상이 공개되자마자 곧바로 임시 휴업하기로 결정한 듯했다. 때문에 점원은 한 명도 없었지만, 쿄코 씨가 웨이트리스 역할을 자청해 바지런히 우리를 대접해 주었다.

황송하기도 했지만 아마 쿄코 씨는 이 카페의 아티스틱한 유니폼을 입어 보고 싶었던 것뿐이었으리라. 참고로 여기서 말하는 '우리'란 나(카쿠시다테 야쿠스케)와 조금 전 순찰차를 타고 도착한 유라 경부와 하라키 순사, 그리고 쿄코 씨가 데려온 토비라이 경부보다.

어이쿠, 익스텐션과 매니큐어도 잊어서는 안 되지. 안내견과 경찰견은 얌전히 테이블 아래서 '엎드려' 자세를 취하고 있다.

관장이 두 마리에게 입장 허가를 내린 것은 전시구획뿐이고 카페는 포함이 안 될지 모르지만 뭐, 깐깐하게 굴 필요는 없으리라. 쿄코 씨는 주방을 (멋대로) 사용해 커피와 홍차뿐 아니라 있던 것들로 가벼운 간식까지 내주었다. 잘 생각해 보니 느닷없이 경찰서로 끌려간 이후로 먹은 게 아무것도 없어서 출출했던 나로서는 기성품 샌드위치도 감지덕지였다.

냉장고에서 꺼낸 것뿐이라 쿄코 씨의 수제 요리라고 할 수는 없을 듯하지만.

"그래서요? 쿄코 씨, 비밀리에 상의하고 싶은 게 뭐죠?"

토비라이 경부보가 물었다.

폭탄 처리반의 에이스로서 우아하게 티타임을 가질 때가 아니기 때문이리라. 원래부터 그녀는 지금까지 계속 본의 아니게 편히 쉬고 있었다. 분명 일을 하고 싶어서 몸이 근질근질할 것이다.

"유라 경부님과 하라키 순사가 동석하고 있는 것도 상황상 이상하기는 하지만요."

일리 있는 말이다.

나도 나를 오인 체포할 뻔한 상대와 그날 중에 한 테이블에 앉자 기분이 이상했다. 안 그래도 폭탄이 어디에 설치되어 있는지도 모르는 건물에서 티타임을 갖고 있으려니 마음이 뒤숭숭한데.

미술관에 도착하자마자 느닷없이 다과회에 초대를 받은 유라 경부와 하라키 순사도 의아하다는 얼굴이다. 하지만 다과회의 주최자인 쿄코 씨의 말에 따르면 모두 필요한 멤버라는 모양이다.

"이 이야기는 비밀로 해 주세요."

그렇게 쿄코 씨가 운을 뗐다.

"관장님을 비롯해서 직원 여러분이 철수하신 덕에, 현재 이 마치무라시 미술관에는 저와 카쿠시다테 씨를 제외하면 경찰 관계자밖에 없는데요…."

아무래도 '9010'은 그중에 있는 것 같거든요.

탐정은 그렇게 말했다.

22

폭탄마가 경찰 관계자 중에 있다는 말을 듣자 유라 경부는 곧바로 반발심이 생겼다. 말도 안 되는 소리를 하는 탐정에게 하마터면 호통을 칠 뻔했지만, 아무래도 근거도 없이 허튼소릴 하고 있는 건 아닌 듯했다.

"관장실에 설치되어 있던 그 가짜 폭탄 말인데요, 마치무라 관장님과 직원 여러분이 퇴관할 때 가볍게 이야기를 들어 보니 시계도 노트북도 미술관 비품이었다고 해요. 그리고 이전에 책상을 봤을 때만 해도 책상 위에 그런 건 없었다는 모양이에요."

"…이전에 책상을 봤을 때라는 게 언제죠?"

토비라이 경부보가 물었다.

그녀의 전문 분야는 형사 사건 처리가 아니라 폭탄 처리지만, 그럼에도 명석한 경찰이다. 쿄코 탐정이 무슨 말을 하려는 것인지 대충 짐작을 한 것인지도 모른다.

"홀에서 수사진과 본격적으로 대립하기 직전이었다고 해요. 예고 동영상을 보고 전시품을 미술관 밖으로 반출하기 위한 수순을 책상에서 정리하고 있었다고 하니 확실해요."

"……."

"무슨 뜻인지 아시겠죠, 유라 경부님? 다시 말해서 '9010'이 관장실 책상에 가짜 폭탄을 설치한 건 **그 이후**라는 거예요. 그 이후에 주변에 있던 그럴싸한 소재들로 그런 예술작품을 만들었다는 뜻이죠."

예술작품이라니.

유라 경부는 직접 보지 않았지만… 서명이 되어 있었다고 했던가?

어쩌면 그것도 '그럴싸함'을 위한 연출이었는지 모른다. 그 서명이 없었다면 카쿠시다테 청년은 노트북에 접속된 다소 별난 탁상시계라고 생각해 그냥 넘겼을지도 모른다(그가 발견했다고 한다. 발견한 게 하필 가짜 폭탄이라니, 정말이지 누명 체질다운 에피소드다).

뭐, 가짜 폭탄이 설치된 시간을 그런 식으로 압축할 수 있다는 것은 알겠다. 현재 경찰서로 이동 중인 관장과 직원에게 미리 사정청취를 하다니, 잽싼 망각 탐정의 이름값은 톡톡히 한 것 같다.

사람에게서 이야기를 이끌어 내는 재주를 타고난 덕이기도 할 거다.

그런 식으로 시간대를 압축한 것은 어쩌면 '9010'에게 예상치 못한 일인지도 모른다. 하지만 대체 어째서 '9010'이 경찰 관계자라고 생각한 것일까? 시간은 둘째 치고 무슨 기준으로 가려낸 거지?

"특정 시간대부터, 제가."

그때.

역시나 진작 눈치를 챈 듯했던 토비라이 경부보가 말했다. 어쩌면 이곳으로 데려오면서 쿄코 탐정이 미리 언질을 주었을지도 모른다.

"제가 입구에서, 문지기를 하고 있었으니까요."

"네."

탐정이 득의양양하게 고개를 끄덕였다.

"다시 말해서 그때, 미술관은 **커다란 밀실**이 되어 있었어요. 만약을 위해 조사해 봤는데, 입구를 제외한 뒷문과 비상구, 창문 등은 꼼꼼한 관장님이 관리하는 곳답게 단단히 잠겨 있었어요. 내부에서 나갈 수는 있어도 외부에서 침입할 수는 없었죠."

폭탄 처리반이 활동을 시작하고서도 이 탐정이 미술관 안을 끈질기게 이리저리 돌아다녔던 건, 그렇군… 잠금 상태를 확인하고 있었던 건가.

밀실.

정말이지 적절한 단어로군.

"확실히 저는… 저와 익스텐션과 매니큐어는, 경찰 관계자 이외의 사람을 그 출입구로 통과시키지 않았죠. 쿄코 씨와 카쿠시다테 씨를 제외하고요."

"저희도 경찰 관계자 같은 거잖아요."

쿄코 탐정이 태연하게 그런 소리를 했다.

뭐, 경찰수첩을 빌렸었다고 하니(어떻게 그런 짓을) 그것도 거짓은 아니다. 확인해 보니 토비라이 경부보는 두 사람에게서 유라 경부의 냄새를 맡고 안으로 들여보냈다는 모양이었다.

어찌 되었든 쿄코 탐정과 카쿠시다테 청년은 서로가 서로의 결백을 증명할 수 있다. 의뢰인과 탐정은 이해관계에 있다지만 이 두 사람이 (가짜) 즉석 폭탄을 만들 시간이 없었다는 것도 분명한 사실이다.

손닿는 범위에 있는 재료만 가지고 즉석으로 만들어 낸 (가짜) 폭탄이라는 점을 고려하면, 입체 주차장의 자동차 (진짜) 폭탄 추리 때 생각했던 것처럼 '사전에' 준비할 수도 없었을 테고… 그러면, 어떻게 되지? (가짜) 폭탄을 관장실에 설치할 수 있었던 것은 그때, 미술관 내에 있던 인간들뿐이다. 다시 말해 수사원 및 폭탄 처리반.

경찰 관계자다.

"아니, 잠깐만요. 미술관 직원들도 그건 가능하지 않습니까? 극단적으로 말해서 관장 본인의 자작극일 가능성도…."

유라 경부보다 상황 파악이 안 돼서 지금껏 아무 말도 하지 않고 있던 하라키 순사가 마침내 대화에 끼어들었다. 젊음의 열정으로 가득한 신입이라, 연륜을 쌓으며 인생의 쓴맛과 단맛을 다 보아 온 유라 경부보다 더욱더 범인이 경찰 관계자라는 결론을 받아들이기가 어려운 것이리라.

게다가 미숙한 의견이라도 일리는 있었다.

오히려 범행 현장이 사무동이었던 점을 감안하면, 현장을 잘 아는 직원들이 더 의심스럽지 않은가…?

"그게 그렇지도 않거든요. 좀 전에 유라 경부님도 언급하셨지만… 가짜 폭탄에는 '9010'이라는 서명이 적혀 있었어요."

쿄코 탐정은 혈기왕성한 젊은이를 달래듯 말했다.

"그 서명 역시 주변에 있던 그림물감을 써서 적은 것이었는데… 어째서 그런 서명을 해 두었는가 하면 유라 경부님의 추리대로 서명이 없으면 폭탄이라고 생각하지 않을 가능성이 높았기 때문이겠죠."

추리라고 하니 참 낯간지럽다. 몇 시간 전에 지적을 받았던 대로 증거 없이 추리하는 것은 형사의 방식이 아니다.

"하지만 그렇다면 서명은 '학예사9010'이어야 하지 않았을까요? 예고 동영상에서 본인이 자칭했듯이 말이에요."

"……? 풀네임이어야 했다는 말입니까? 그건 단순히 호칭을 생략한 것뿐… 사인을 이니셜로 하는 것과 다를 게 없지 않습니까. 실제로 우리도 이렇게 범인을 '9010'이라고 부르고 있고…."

하라키 순사의 반론에….

　"'학예사9010'을 '9010'이라고 부르고 있는 건, 경찰 관계자뿐이에요."

　쿄코 탐정은 온화한 투로 답했다.

　그렇다. 그랬다.

　범인이 자칭한 호칭을 그대로 쓰기는 배알이 꼴렸던 데다, 평범한 미술관 직원인 학예사와 혼동되기라도 하면 일이 귀찮아질 것 같아서 수사 주임인 유라 경부가 정한 호칭으로… 쿄코 탐정과 카쿠시다테 청년이 그렇게 부르고 있는 것은 유라 경부와 하라키 순사가 말하는 것을 들었기 때문이다.

　말은 전염된다.

　하지만… 장본인인 '9010'은 언제, 어디서 전염된 것일까?

　"애초에 '학예사9010'이라는 호칭은 동영상을 업로드할 때 이미 사용 중인 것과 중복되는 걸 피하기 위해 정한 ID이고, 덧붙인 숫자 쪽에는 의미가 없을 텐데 말이에요. 본질은 '학예사' 쪽에 있고 '9010'은 부차적인 요소죠. 만약 약식으로 서명을 할 생각이었다면 '9010'이 아니라 '학예사'라고만 적었어야 하지 않을까요. 그런데 범인은 '9010'이라고 적었죠. 어째서 범인은 경찰 내부에서만 통하는 호칭을 사용한 걸까요…."

　"…다름이 아니라 경찰 내부 사람이기 때문이다, 라고 말씀하고 싶으신 겁니까."

　유라 경부는 힘없는 목소리로 말하더니 뜸을 들이듯이 홍차에 손을 댔다. 논리적인 추론이기는 하다. 탁상공론 같기도 하고, 마음만 먹으면 '우연이다'라는 한마디로 치부해 버릴 수 있을 듯도 하지만… '9010'이라는 호칭을 자발적으로 정한 당사자로서는 간과할 수 없는 사태다.

적어도 조금이라도 좋으니, 무엇이라도 좋으니 단서가 필요한 이 상황에서는….

"그것만으로 '9010'이 경찰 관계자라고 단정하는 건 다소 난폭한 논리라 쳐도… 경찰 내부에 범인의 협력자가 있을지도 모른다는 가능성은 염두에 둘 가치가 있을 것 같네요."

토비라이 경부보가 현실과의 절충안 같은 해석을 내놓았다.

"그래서 이 멤버들만 모아서 비밀회의를 한 겁니까?"

"네. 어쨌든 '9010'의 후보자 명단에서 제외할 수 있는 멤버니까요. 서로의 결백을 증언할 수 있는 저와 카쿠시다테 씨, 가짜 폭탄이 설치되어 있던 당시 아직 미술관에 도착하지 않았던 유라 경부님과 하라키 순사님, 그리고 두 마리의 파트너와 함께 미술관 출입금지 조치를 받았던 토비라이 경부보님은요."

쿄코 탐정은 마치 추리소설의 해결 편에 쓰일 듯한 상투적인 말을 입 밖에 냈다. 다만 그 상투적인 말은 해결 편에 걸맞지 않다는 생각이 절로 들 만큼 변형되어 있었다.

"범인은, 이 안엔 없어요."

23

바로 몇 시간 전 억울한 누명을 쓸 뻔했던 내게 쿄코 씨의 단호한 말은 마음이 든든할 뿐 아니라 진심으로 기쁜 것이기도 했지만, 폭탄마 '학예사9010'의 후보군이 다소 압축된 것 같은 기분이 들 뿐 사태가 진전되었다고 하기에는 어려운 상황이었다.

오히려 악화일로로 치닫고 있다 해도 과언이 아니다. 이렇게 급박한 때에….

"경찰 관계자 중에서도 범인이 폭탄 처리반에 소속되어 있다면 최악이에요. 폭탄의 프로페셔널이 폭탄을 악용하려 하고 있는 거니까요."

토비라이 경부보는 침통한 얼굴로 그렇게 말했다. 확실히 그건 '탐정＝범인'인 추리소설과 비슷한 상황 같았다. 나아가 동료를… 서로의 등 뒤를 맡기는 수준이 아니라 목숨을 맡기고 있는 동료를 믿고 싶은 마음도 있을 테니, 그녀도 분명 속이 복잡할 것이다.

그 조건은 지휘관인 유라 경부, 신입 경찰인 하라키 순사에게도 해당될 거다. 그런 의미에서 보면 나와 쿄코 씨는 마음 편한 외부인이다. 마음 편한 외부인은 수사진에게 강렬한 의심을 심어 놓고서.

"그럼 다과회는 이만 마치기로 하고. 각자 다시 수사를 하러 가죠. 건투를 빌겠어요."

빙긋 웃는 얼굴로 해산 선언을 했다.

생겨난 의혹에 대한 결정적인 대책이 세워진 게 아닌 데다, 폭탄 탐지라는 우선순위의 임무도 있는지라 '자연스럽게 동료들의 동태를 살핀다'는 방침만 세운 후, 경찰들은 각자 자신의 위치로 돌아갔다. 세 사람을 배웅하고서 나와 쿄코 씨는 전시구획으로 향했다. 미술관에 왔음에도 우리는 사무동을 어슬렁거리거나 문단속 상태나 확인했을 뿐, 정작 중요한 전시 작품을 아직 보지 못했다.

아니, 엄밀히 말해서 내가 쿄코 씨와 동행하고 있는 이유는 입체 주차장 폭파 용의를 뒤집어쓴 의뢰인으로서 아직 누명을 완전히 벗지 못했기 때문이었으니… 의심이 완전히 불식된 지금은, 지금이야말로, 지금이야말로 진짜 돌아가도 될 듯했지만 이렇게까지 깊이 얽혔는데 '그럼, 전 이만!' 하고 돌아간다면 누명은 벗었을지 몰라도 인간성을 의심받게 될 거다.

그래서 뭔가 도움이 될 만한 일은 없을지, 딱히 아이디어도 없으면서 쿄코 씨의 뒤를 졸졸 따라다녔다. 하는 짓은 스토커와 다를 게 없다. 그런 반면 당사자인 쿄코 씨는 평범하게 미술관 전시를 즐기는 듯 보였다.

상설전시부터 특별전시까지, 관람로를 따라가며 빙긋빙긋 웃는 얼굴로 감상하고 있다.

지금은 웨이트리스 유니폼도 벗고 발랄한 보라색 옷으로 온몸을 감싸고 있다. 그렇다, 마치무라 관장의 옷장에서 빌려 온 옷이다. 멋대로. 아니, 보라색 옷으로 온몸을 감쌌다고는 했지만 관장과 달리 여기저기 다른 컬러로 포인트를 주고, 같은 보라색이라도 그러데이션을 줌으로써 그다지 자기주장이 강하지 않게 입어 낸 것은 대단했지만, 이렇게 무법자처럼 구는 모습을 관찰하고 있자면 이 사람도 하는 짓만 놓고 보면 '9010'과 그렇게 다를 바가 없다는 생각이 들었다. 그 자리에 있는 옷들만으로 이렇게나 빨리 갈아입기를 반복하고 있는 것도 대단한 것 같기야 하지만.

같은 옷을 두 번 입은 모습을 본 적이 없다는 말로도 부족할 지경이 되고 있다.

"아주 예전에, 사복이 한 벌도 없었던 시절의 부족함을 채우고 있는 거예요. 잊었지만요."

"네에⋯."

"방금 건 농담이고, 마치무라 관장님의 시점으로 전시품을 평가해 볼까 했거든요."

음? 무슨 뜻이지?

수사진과 달리, 그리고 나와 달리 쿄코 씨는 '9010'의 목적은 마치무라 관장의 목숨이 아니라고 보고 있었을 텐데⋯. 그 마치무라 관장은 직원들과 함께 대피했으니 어떻게 보면 범인의 손이 닿지 않는 곳으로 달아났다고 할 수 있지 않나?

"그렇게 마치무라 관장을 미술관에서 내쫓는 것 자체가 '9010'의 목적이었다면 어떨까요? 그러기 위해 그 가짜 폭탄을 관장실에 설치한 거라면요."

"……."

듣고 보니 그 가짜 폭탄을 설치한 목적은 그것밖에 없을 것 같다…. 협박이라면 입체 주차장에서의 데몬스트레이션으로 충분했으니까. 결과적으로 '9010'이 수사진 안에 있을지도 모른다는 의혹까지 생겨나고 말았으니, 가짜 폭탄에 아무 의미도 없지는 않을 거다….

"그나저나 모르겠네요. 입체 주차장에서도 그랬지만 미학이 되었든 뭐가 되었든 사상자를 내지 않는 데 집착하고자 한다면, 애초에 폭탄을 설치하지 않으면 될 텐데 말이에요."

아무리 주의를 기울여도 사고는 일어날 수 있으니까….

"'9010'의 목적은 사상자를 내지 않는 게 아니라 사람을 물리는 게 아닐까요?"

"사람을 물려요? 뭘 위해서요?"

"네에. 폐관 시간에 폭파하겠다고 예고하면 보통은 다들 대피하겠죠. 마치무라 관장님 같은 예외를 제외하면요. 그러면 미술관 안은 텅 비게 돼요."

"그래서… 텅 빈 미술관을 폭파해서 뭘 어쩌려는 걸까요?"

"폭파하기 전에 뭔가를 하려는 건지도요."

쿄코 씨는 말했다. 신진기예 아티스트가 그린, 고층 아파트인지 바다인지 모를 그림을 감상하며. 그게 정말로 그림인지는 모르겠지만, 아무튼 뭔가를 감상하며.

"예를 들자면, 도난 같은 거요."

24

폭탄을 설치했다고 협박해 인적이 사라진, 무인 상태의 미술관에서 전시품을 훔친다. '학예사9010'을 폭탄마가 아니라 대도 大盗라고 가정하는 그 가설에는 일정 이상의 설득력이 있었다.

마치무라 관장과 전시품의 작가에게 원한을 품은 폭탄마가 비열하게도 미술관에 폭탄을 설치했다는 것보다 훨씬 단순한 이유다. 데몬스트레이션으로 입체 주차장을 폭파한 것도 납득이 간다. 아니, 납득은 못 하겠지만 나름대로 설명은 된다.

어디에 폭탄이 설치되어 있는지 모르는 상황에서는 직원들이 전시품을 반출할 수 없을 테니(그 때문에 사람을 물리는 데 실패했던 것이기도 하지만)… 흐으음.

"그래서 이렇게 마치무라 관장님의 옷을 빌린 거예요. 그분의 입장이 되어서 괴도가 어떤 전시품을 노릴지, 상상하며 숙고하고 있었죠."

그건 숙고가 아니라 옷을 갈아입기 위한 구실에 불과해 보였지만(옷 자체는 좋아 보인다는 소리도 했으니) 아무래도 신이 나서 현대미술을 감상하고 있었던 것만은 아니라는 건 사실 같았다.

예술을 평가하고 있었던 건가. 도난 대상이 될 만한 작품을 찾아서.

뭐, 예술의, 예술로서의 평가는 둘째 치고 가격 평가는 쿄코 씨의 특기 분야라고 할 수 있었다. 오히려 본업이라 해도 과언이 아니다. '9010'이 이 미술관에서 가장 값비싼 작품을 훔칠 것이라는 보장은 없지만… 게다가 훔치려는 작품이 하나뿐이라는 보장도 없지만, 아무튼.

"…그럼 폭파 예고는 역시 속임수였던 겁니까? 사람을 물리는 게 목적이었다면 실제로 시한폭탄을 설치할 필요는 없을 테니까요."

목적이 미술품이라 해도 수법이 악랄하다는 데에는 변함이 없지만, 그럼에도 나는 이때 목소리가 들뜨는 것을 억누를 수가 없었다. 지금 내가 있는 건물에 폭탄이 설치되어 있다는 데 마음이 편할 사람이 어디에 있겠는가.

그렇게 멋대로 나는 한시름 덜은 줄로만 알았지만.

"'9010'이 미술품을 훔친다는 진정한 목적을 감추고 싶어 하고 있다면, 폭파는 예정대로 실행되겠죠. …증거 인멸을 위해서라도요."

쿄코 씨는 내가 안심하도록 내버려 두질 않았다.

증거 인멸.

그렇군, 차체에 구멍을 뚫은 밴을 폭파한 것과 마찬가지로 폭파해 버리면 어느 전시품이 없어졌는지 알 수 없게 될 테니까. 하지만 그 은폐 공작은 예술을 사랑하는 괴도의 그것으로 평가해 줄 수 없을 듯하다.

원하는 것만 훔치고 나머지는 파괴하려 하다니… 아니, 아직 그게 진상이라고 확정된 것은 아니다. 관장에게 원한을 품은 자의 범행일 가능성도 합리적인 의심으로 남아 있다.

다만 만약 그 가설이 진상이라면 '9010'이 수사진 안에 있다는 의혹도 전에 없이 신빙성을 띠게 된다. 시한폭탄을 설치해 놓고 범인이 현장에 남을 이유는 없을 것 같지만, 폭탄을 찾는 척 동료들이 모르게 전시품을 훔칠 속셈이라면….

"그러면 직원이 전시품을 반출하려는 걸 유달리 강경하게 저지하려 한 인물이 수상하다고 봐야, 하려나요…?"

"가능성은 있죠. 하지만…."

쿄코 씨는 신중하게 말을 골랐다.

"전시품을 훔치는 게 목적일 경우, 지나치게 커다란 작품은 물리적으로 불가능해요. 공범자가 있다 해도 인간이 옮길 수 있는 사이즈겠죠…. 하지만 제가 둘러본 바로는, 범행을 저질러 가면서까지 손에 넣고 싶어 할 만한 작품은 없었거든요. 결코 싼 값은 아니겠지만 일반적으로 손이 닿는 범위에서 구입 가능한 작품들뿐이었어요."

쿄코 씨의 감정안鑑定眼은 믿어도 될 거다.

물론 범행의 규모에 따라 달라지겠지만, 평생 형무소에서 나오지 못할(입체 주차장 폭파로 사상자가 나왔다면 과장이 아니라 극형까지 가능했을 것이다) 죄를 저질러 가면서까지 손에 넣고 싶은 작품이란 것이 현대미술에서 극히 드물다는 것도 사실이다. 역사적 예술품이 고가에 거래되는 것은 기본적으로 작가가 죽었기 때문이다. 천재는 사후에 평가되기 마련이다. 이곳에 전시 중인 대다수 작품의 작가는 살아 계신다.

"그러게 말이에요. 뭐, '9010'의 개인적 기호 문제도 있을 테니, 일단 기간 한정 특별전시까지 전부 보고… 아."

그때 관람로를 걷던 쿄코 씨가 갑자기 멈춰 섰다.

"알아낸 것 같아요."

"네? 알아냈다니…?"

'9010'이 어떤 작품을 노리고 있는지를? …아니면 곧바로 '9010'의 정체를?

"아뇨아뇨. 그게 아니라 '9010'이 설치한 폭탄이 이 미술관의 어디에 있는지를… 알겠다고요. 어떤 전시품을 노리고 있을지를 생각하다가 폭탄의 위치를 알아채고 말았어요."

저는 이 사건의 진상을 처음부터 알고 있었지만 말이에요. …

뻔뻔하게 그렇게 말하는 바람에 나는 잠시 할 말을 잃었는데, 조수 역할을 맡은 자로서 '그게 어디인데요?'라고 묻기도 전에….

"쿄코 씨. 카쿠시다테 씨."

토비라이 경부보(와 익스텐션과 매니큐어)가 목소리를 죽인 채 대화에 끼어들었다.

"말씀 도중에 실례하겠어요. 지금, 잠시 시간 좀 내주실 수 있을까요. 비밀리에 드릴 말씀이 있는데요."

"네에?"

수수께끼 풀이를 시작하려던 타이밍에 훼방꾼이 나타나자 쿄코 씨는 고개를 갸웃했다. 비밀을 다루는 건 자신의 영역이라고 생각한 건지도 모르겠다. 게다가 비밀회의는 방금 전에 해산하지 않았느냐고 생각한 건지도 모른다.

하지만 아무래도 해산 후, 자신의 진지로 돌아가고서 거의 곧장 쿄코 씨를 쫓아 돌아온 걸로 추측되는 토비라이 경부보는, 나와 쿄코 씨의 반응은 전혀 개의치 않고 말했다. …목소리를 죽인 채로.

"그게, 폭탄이 어디에 설치되어 있는지 찾다가 '9010'의 정체를 알아채 버렸거든요."

폭탄 처리반의 전문가가 범인의 정체를 특정하고, 명탐정이 시한폭탄의 위치를 특정하는, 정말이지 뭐라 말하기 껄끄러운 역전 현상이 일어난 것은 오후 5시였다. 제한시간까지 세 시간 이 남았을 무렵이다.

25

 경찰서에 있는 친구가 전해 주는 정보에 너무 의존했던 것을 '학예사9010'은 후회했다. 의존의 대가로 자신이 다름 아닌 수 사진 안에 숨어 있다는 사실이 탄로 났을 뿐 아니라 이대로 가 면 친구가 '학예사9010'의 공범자로 지목될 가능성도 생기고 말 았다.

 그런 일은 피하고 싶다. 친구는 아무것도 모르기 때문이다.

 아니, 알고는 있지만 자신의 잡담 상대가 화제의 주인공인 '학 예사9010'이란 사실은 모른다. 말 그대로 꿈에도 모를 거다.

 후회되는 동시에 화가 나기도 했다.

 관장실에 '탁상시계'를 세팅했을 때, 용의자의 범위가 어느 정 도 압축되리라는 것은 각오했지만 그것 자체는 불가피한 조치 였던 데다 '학예사9010'은 오히려 의심이 직원 쪽으로 기울어질 것이라 생각했다. 그를 위해 실내에 있던 비품들을 사용해 가짜 폭탄을 제작한 것이다.

 그런데 설마 '9010'이라는 서명이 발목을 잡을 줄이야. …납

득할 수 없는 이유를 말하자면, '학예사9010'은 딱히 경찰서에
있는 친구가 사용한 용어 때문에 서명을 '9010'이라고 줄인 게
아니었기 때문이다.

단순히 그림붓으로는 '학예사9010'에서 '학예學藝'라는 글씨
를, 예행연습도 없이 한 번에 쓸 자신이 없었던 것뿐이다. 상용
한자가 제정되기 전에나 쓰였던 구자체舊字體는 연필로도 못 쓸
거다[*].

워드 프로세서 세대의 비애랄까.

애초에 '큐레이터'를 자칭한 것도 의심이 직원들에게 향하기
쉽게 하기 위해서였는데('경찰110'이라고 할 수는 없으니까!),
그런데 경찰 내부에서 쓰이는 호칭을 사용했으니 범인은 경찰
내부의 인간일 거라니, 억지도 이런 억지가 다 있나. 하지만 추
론이 옳지 않다 해도 도출해 낸 해답이 옳으면 모든 것이 긍정
되기 마련이다.

어떻게 이럴 수가. 어째서 이쪽에 불리한 일이 이렇게 연달
아 일어나는 걸까. 범죄를 저지르기가 이렇게나 어려울 줄이야.
뭐든 해 보기 전에는 모르는 법인가 보다. 조속히 손을 써야 한
다. 현시점에서 추리가 저렇게까지 진척되었으니 망각 탐정이

---

[*] 2차 세계 대전 이후 일본은 자체(字體) 정리 사업을 벌였는데, 두 차례의 개편 끝에 상용한자(신
자체)가 자리 잡았다. 본 작품에서 '학예사(학예원)'는 '学芸員'이 아니라 '學藝員(학예원)', 즉 구자
체로 표기되고 있다.

'9010'의 정체에 도달하는 것은 이제 시간문제다.

그리고 시간으로 망각 탐정을 당해 낼 사람은 없다. 어쩌면 벌써 도달했을지 모른다.

다행히도 '학예사9010'은 망각 탐정이 카페에서 개최했던 다과회… 아니, 비밀회의의 내용을 재빨리 파악할 수 있는 입장이었다. 정보 조작으로 배신자를 찾으려는 움직임을 어느 정도 방해할 수 있다. 하지만 그것도 시간 벌기에 불과하니, 근본적으로는 망각 탐정의 추리에 대처하는 수밖에 없다.

어떻게 할 것이냐고? 뻔하지 않은가.

잊게 만드는 수밖에 없다.

사건의 진상도, 가장 빠른 추리도, 폭탄과 '학예사9010'의 정체에 관해서도… 예정을 앞당겨 깨끗한 백지로 돌아가게 하는 수밖에. 예정을 앞당기는 게 너무 늦지 않았나 싶을 정도다. 그런데도 '학예사9010'이 망각 탐정 대항 기획을 계속 발동시키지 못하고 있었던 것은, 이미 역할이 끝난 걸어 다니는 원죄, 카쿠시다테 야쿠스케가 계속 그녀에게 들러붙어 있었기 때문이다.

왜 안 돌아가는 건데.

꼭 저렇게 분위기 파악 못 하는 녀석이 있다니까. 저러니까 매일같이 괜히 누명이나 쓰지. 하지만 그를 이 사건에 끌어들인 것이 자신이라는 점을 생각하면 불평만 할 수가 없다.

어쩔 수 없지. 해야 할 일을 하자.

26

"시한폭탄은 수장고收藏庫에 있어요."

"'9010'은 하라키 순사예요."

명탐정과 경부보가 각자 자신이 도달한 진상을 동시에 말했다. 설명할 필요도 없을 것 같지만 수장고는 미술관의 수장 작품을 보관하는 구획이고, 두말하면 입 아프겠지만 하라키 순사는 유라 경부의 젊은 파트너로 나를 오인 체포할 뻔했던 경찰서의 일원… 인데, 응?

수장고는 지금까지 한 번도 화제에 오른 적이 없는데 갑자기 왜? 하늘의 계시라도 들은 건가? 하라키 순사는 비밀회의의 멤버였고 나와 마찬가지로 용의선상 밖에 있는 등장인물일 텐데 갑자기 왜? 어째서 졸지에 의외의 범인 취급을 당하고 있는 거지?

하나로도 버거울 정도의 황당 발언이 동시에 두 개나 터져 나오다니.

"…이동하면서 이야기할까요. 쿄코 씨가 말씀하신 장소에 폭탄이 있다면 빠르게 대처할 필요가 있을 테니까요."

토비라이 경부보는 그 자리에서 자세히 묻지 않고 익스텐션을 재촉했다. 수장고라는 답이 나올 줄은 몰랐겠지만 일단 그 구획으로 어떻게 가면 되는지는 아는 듯했다.

"네. 일단 구조도는 모두 머릿속에 넣어 두었으니까요. 그나 저나 사각死角이었네요. 생각도 못 했어요. 그도 그럴 게, 그곳 은 관계자 외 출입금지 구역 정도가 아니라 관계자도 출입이 금 지된 구획이니까요. 자물쇠가 걸린 금고 같은 거죠."

"그런 식으로 말씀하시면 하라키 순사가 범인이라는 것도 사 각이었던 것 같은데요. 어쩌다 그런 결론에 도달했는지 꼭 좀 알려 주세요."

어쩐지 각자의 특기 분야를 교환한 듯한, 뒤죽박죽 대화를 나 누며 2층으로 향한다. 아무래도 수장고라는 곳은 2층에 있는 모 양이다.

아주 자랑스럽게도 나만은 '영문을 모르겠네! 이 사람들, 대체 무슨 소릴 하는 거야?!' 하고 당황한다는 내 특기 분야를 자신의 정체성이라도 되는 양 유지한 채 털레털레 구부정한 자세로 두 사람의 뒤를 따랐다.

그나저나, 그렇군.

직전까지 이야기를 했던 덕에 쿄코 씨의 생각은 간신히 알 수 있었다.

가령 '9010'이 전시품 중 무언가를 훔칠 속셈이라 치고, 그렇 다면 타깃은 어느 전시품인지를 생각할 때, 미술관이 소장하고 있는 작품이 전시품뿐이라는 법은 없다는 사실을 알아챈 것이

리라,

전시 공간은 제한되어 있고 기한 한정 전시작도 있다. 내가 파리까지 가 놓고 학식이 없어 들르지 않았던 루브르 미술관도 상당히 빈번하게 작품을 꺼내고 집어넣곤 한다는 모양이다.

바꿔 말하자면 수장고는 보다 완벽하게 작품을 보관하기 위한 장소로, 토비라이 경부보가 표현했듯이 관계자라 해도 간단히는 들어갈 수 없는 금고다. 문을 찾아볼 수 없었던 개방된 무대 뒤, 탁 트인 사무동과는 사정이 다르다. 그렇기에 폭탄을 숨길 장소로 적합하다고 쿄코 씨는 추리한 것이리라.

"과연, 확실히 수장고는 수사 범위 밖이었군요. 누가 범인이건 출입할 수 없는 장소라 생각했으니까요. 하지만 그건 선입관이었을지도 모르겠네요. '9010'은 모종의 방법으로 금고의 문을 연 건지도 몰라요."

"…범인이 경찰이라면 미술관 직원을 포섭해서 몰래 열쇠를 빌리거나 비밀리에 인증번호를 캐내거나 할 수 있지 않았을까요?"

모종의 방법.

나는 떠오른 바를 말했을 뿐이지만 쿄코 씨는 "그랬을 수도 있겠네요."라고 동의해 주었다.

"하지만 저는 범인이 하라키 순사라는 결론에는 아직 동의하기가 어렵네요… 토비라이 경부보님. 어떤 추리 끝에 그런 결론에 도달하신 거죠?"

"말을 꺼낸 저도 처음에는 믿을 수가 없었어요. 하지만 쿄코 씨가 '9010'은 경찰 관계자라고 지적했을 때, 정신이 번쩍 들었 거든요. 덕분에 경찰이 범인일 리가 없다는 절대적인 선입관에 서 벗어날 수 있었어요. 나중에 자세히 설명 드리겠지만, 예전 에 동료에게 들었던 소문이 생각나서 그 후에 전화를 한 통 걸 어 봤어요. …그 결과, 어떤 사실이 판명되었죠."

앞으로 앞으로, 거침없이 나아가며 토비라이 경부보는 말했다.

그야말로 탐정 뺨치는 '해결 편'이다.

"하라키 순사와 마치무라 관장의 관계예요. 성은 다르지만 그 둘은 친남매거든요."

"어…?"

그런 우연이 있을 수도 있나? 아니, 우연이 아닌가? 만약 쿄 코 씨의 말도, 토비라이 경부보의 말도 사실이라면 '9010'은 잠 겨 있는 수장고의 문을 열기 위해 경찰수첩을 쓸 필요도 없다. 그냥 '누나'한테 알려 달라고 하면 되니까.

공범 관계? 아니면 입장을 이용한 것뿐인가?

경찰이라는 입장과 친동생이라는 입장을?

그러고 보니 가짜 폭탄 소란도 마치무라 관장의 자작극일 수 있다는 소리가 나왔었는데….

"물론 그가 관장의 동생이라는 사실을 숨기고 있었다고 범인

으로 단정 지은 건 아니에요. 설령 그렇다 해도 쿄코 씨의 추리
에 따르면 하라키 순사는 범인 후보에서 제외할 수 있는 인물이
니까요….”

그렇다. 맞다. 관장실에 가짜 폭탄이 설치되었을 때, 하라키
순사는 분명 유라 경부와 함께 순찰차를 타고 있었다.

“…하지만 그것도 어떤 트릭을 사용하면 해결되죠.”

“한발 늦은 탐정으로서는 1초라도 빨리 듣고 싶지만….”

쿄코 씨가 열의를 담아 말하는 토비라이 경부보를 일단 진정
시키듯이 말했다. …왜냐하면.

“그 전에 도착해 버렸네요. 이곳이 수장고인데… 흐음.”

그곳에는 거대한 셔터가 있었다. 거대한 작품이 수장되는 경
우도 있을 테니 당연한 일이려나. …그리고 당연하게도 단단히
잠겨 있다. 난폭하게 억지로 열려 있지도 않다. 폭탄마, 혹은 괴
도가 침입한 듯한 흔적은 찾아볼 수가 없다. 튼튼해 보이기도
해서 셔터 정도가 아니라 하나의 벽 같은 인상을 풍겼다.

잠금장치는 인증번호로 열도록 되어 있었다.

토비라이 경부보는 수수께끼 풀이를 일단 중단하더니 무전기
로 어딘가에 연락을 취했다. 아마도 경찰서에 연락해서 슬슬 도
착했을 미술관 직원에게 인증번호를 알아내 달라고 지시하려는
것이리라.

물론 마치무라 관장이 아닌 누구든에게… 하라키 순사의 누나

이외의 사람에게 말이다.

그리고 토비라이 경부보가 통신 상대에게 답변을 받아 재빨리 입력하자 사각으로 가는 문이 간단히 열렸다.

"제 뒤에서 절대로 떨어지지 마세요."

폭탄 처리 전문가는 나와 쿄코 씨에게 말하고서 안으로 들어갔다.

1층 전시구획과 달리 이곳에 보존되어 있는 작품들은 단순히 깔끔하게 늘어서 있다는 인상을 풍겼다. 어디까지나 감상보다는 리스트로 만들어 정리하기 위한 곳 같은 느낌이다. 애초에 상태 보존을 위해서인지 으슬으슬할 만큼 온도가 낮아서 편안한 곳이라 하기는 어려웠다.

물론 그렇다고 폭탄으로 몸을 녹이고 싶지는 않지만.

"폭탄 같은 것을 발견하면, 설령 가짜처럼 보인다 해도 바로 저에게 알려 주세요. 대처할 테니까요."

"믿음직하네요."

토비라이 경부보가 긴박한 분위기를 풍기자 프로에게 맡겨 두려는 것인지 쿄코 씨는 세 걸음 물러났다. 뭐, 가짜든 진짜든 폭탄 처리는 하루에 한 번 해 봤으니 충분할 거다.

"…토비라이 경부보님은 어째서 폭탄 처리를 전문으로 하고 있는 겁니까?"

주변에 주의를 기울이면서도 너무 조용하면 거북할 것 같아서 나는 앞서 가는 그녀에게 그런 질문을 던졌다.

"네? 시력을 잃을 만한 사고를 당했는데 어째서 폭탄 처리반에 계속 있는 거냐는 뜻인가요? 그건 말이죠…."

몇 번이나 들은 질문이라서인지 토비라이 경부보는 곧장 답하려 했지만, 나는 그런 의미에서 물은 것이 아니었다. 그게 아니라 내가 묻고 싶었던 것은 조금 전까지의 말로 미루어 볼 때, 아무래도 탐정의 자질 같은 것도 있는 듯한데 어쩌다가 폭탄 쪽 전문가가 되었는가 하는 것이었다.

"으음~ 그건 아버지의 영향일까요."

"아버지의 영향? 아버님이 폭탄 처리반에 속한 경찰이셨습니까?"

"아뇨, 건축업을 하셨어요. 지금은 은퇴해서 유유자적 은거 생활을 하고 계시지만요. 왜, 건물 해체 작업을 할 때 발파發破를 하기도 하잖아요? 그런 일을 보고 자란 딸이 발파하기 전에 해체하는 일을 생업으로 하고 있으니 파더 콤플렉스라 해도 할 말이 없겠네요. 아버지도 분명 한탄하고 있을 거예요."

"아뇨, 아뇨. 오히려 딸이 자랑스러우시겠죠."

쿄코 씨가 그렇게 말하자 인사치레인지, 아니면 정말로 궁금해서인지 토비라이 경부보는 "참고로 쿄코 씨는 어째서 탐정 일을 하고 있나요?"라고 되물었다.

엄밀히 말하자면 나에게 되물었어야 했을 것도 같지만, 아마도 나는 이번에 일할 때 타던 밴이 폭파된 일로 현재 근무 중인 택배 회사에서 머지않아 잘릴 테니 내게 질문을 하지 않았다는 사실에 안심했다. 어떻게 보면 불똥이 튄 격이기는 하지만 질문을 받은 쿄코 씨는,

"제가 탐정 일을 하고 있는 게 아니라 탐정 일을 하고 있으니 저인 거예요."

라고, 얼버무리듯이 답했다.

토비라이 경부보가 어떻게 받아들였을지는 모르겠지만… 뭐, 평소와 같은 답이기는 하다.

그런 생각을 하며 나는 좌우에 늘어선 선반으로 시선을 옮겼다. 그 압박감에 짓눌릴 것 같은 느낌을 받으며. 안내견인 익스텐션에 토비라이 경부보, 화약 탐지견인 매니큐어, 그리고 쿄코 씨까지 체크하고 지나간 곳에 나 같은 게 발견할 만한 게 있을 것 같지는 않지만… 응?

저게 뭐지?

27

평범한 시계였다. 가짜 폭탄조차 붙어 있지 않고 예술작품도 아닌, 기능적인 벽시계였다. 이런, 이런. 신경이 예민해진 모양이다.

하지만 가슴을 쓸어내리기에는 이르다. 그 벽시계는 오후 5시 30분을 가리키고 있어서, 이제 시간이 두 시간 반도 넘지 않았음을 말해 주고 있었기 때문이다. 슬슬 제한시간까지 150분 남았다고 표현해도 될 듯한 시간이다.

그런 생각을 하며 나는 아랑곳하지 않고 먼저 가 버린 쿄코 씨 일행을 종종걸음으로 쫓아서 선반을 따라 굽어진 길의 모퉁이를 돌았다. …하지만 모퉁이를 돈 순간, 나는 다시 걸음을 멈춰야 했다.

쿄코 씨가 쓰러져 있었기 때문이다.

"쿄, 쿄…!"

"큰 소리 내지 마세요, 카쿠시다테 씨. 정신을 잃은 것뿐이니까요."

큼직한 선글라스를 쓴 여성이 바닥에 쓰러진 쿄코 씨를 도와 일으키려 하기는커녕, 혼란스러워하는 나와 마주 선 채 놀랄 만큼 냉정한 목소리로 말을 걸어왔다.

토비라이 경부보였다.

"어… 네에? 정신을 잃은 것뿐이라니…."

"유화물감의 용해액을 썼어요. 일종의 유기용제죠. 가짜 폭탄을 만들었을 때와 마찬가지로 현장에 있는 도구를 활용한 거지만, 즉석 수면제로는 그럭저럭 효과적일 거예요."

"수, 수면제⋯."

"움직이지 마세요. 저한테는 안 보여도 이 애들이 보고 있으니까."

그렇게 말하며 토비라이 경부보는 익스텐션과 매니큐어를 가리켰다. 칼이나 권총으로 위협을 당하고 있는 것은 아니었다.

하지만 내 몸은 뻣뻣하게 굳어 버렸다.

개⋯ 동물.

흉기로 악용된 동물의 야성에는 날붙이나 권총 이상의 위압감이 있어서 두 마리의 출입을 금지한 마치무라 관장의 심정에 나도 모르게 공감하고 말았다. 하지만, 어째서? 왜 이렇게 말 그대로 이빨을 드러내는 짓을⋯ 토비라이 경부보가 쿄코 씨에게 한 거지?

현장에 있던 도구가 되었든 뭐가 되었든 망각 탐정을 잠들게 한다는 게 어떤 의미인지 알긴 하는 건가?

강제 초기화.

굳이 말하자면 코드를 뽑는 것 같은 짓이고, 지금까지 쌓아 올린 그녀의 가장 빠른 추리를 출발점으로 되돌리는 짓인데. 그런 짓을 해서 토비라이 경부보에게 득이 될 게 뭐가 있지⋯? 이래서는 꼭⋯ 마치⋯.

"그래요. 제가 '9010'이에요. 아차, '학예사9010'이라고 하지

잃으면 징계가 들**⬛니다**니요?"

농담을 하듯 말했지만 토비라이 경부보는 전혀 웃고 있지 않았다.

말도 안 돼…. 하라키 순사가 아니었나? 하지만 이거야말로 바보 같기 그지없는 의문이었다. 다 엉터리 정보였으니 말이다. 하라키 순사는 '9010'이기는커녕 마치무라 관장과 남매 사이도 아닐 거다. 그건 쿄코 씨를 인적 없는 곳으로 끌어내기 위한 구실에 불과했다.

"네에. 쿄코 씨가 자진해서 수장고로 가자고 말해 준 건, 선뜻 믿기 어려울 정도로 반가운 일이었어요. 뭐, 제 기획을 엉망으로 만들지도 모르는 불상사가 마구 일어났으니 공평하게 한 번 정도는 좋은 일도 일어나야죠."

지금의 사태는 결코 '9010'이 세운 계획대로 진행된 결과가 아니다…. 그 부분은 아무래도 쿄코 씨의 예상이 맞았던 모양이지만, 그렇게 계획대로 진행되지 않은 것이 쿄코 씨에게 화가 되어 돌아온 셈인가.

유화물감의 용해제라니…. 수면제의 대용품이라고 했는데 그런 걸 흡입해도 정말 괜찮은 건가? 나는 충동적으로 쿄코 씨에게 달려가고 싶어졌지만, 토비라이 경부보가 매니큐어의 목줄을 놓는 것을 보고 아슬아슬하게 멈췄다.

매니큐어에게 명령을 내리려는 건가? 공격! 이라고? 하지만 그러지는 않았다.

토비라이 경부보는 자신의 허리로 손을 가져가더니 벨트에 걸어 두었던 수갑을 뺐냈다. 그리고 아까 쿄코 씨에게 경찰수첩을 던져 주었을 때처럼 내게 그 수갑을 무심하게 던졌다.

"뻣뻣하게 서 있는 거기에 기둥이 있죠? 본인의 손을 뒤로 돌려서 구속해 주세요. 미리 말해 두겠는데 시늉만 할 생각은 마세요. 저는 매니큐어한테, 살인을 시키고 싶지 않아요."

"……."

따를 수밖에 없었다.

위협받고 있는 게 내 목숨뿐이라면 여기서 유유낙낙^{唯唯諾諾} 따를 게 아니라 무모한 싸움에 임한다는 선택지도 있을지 모른다…. 하지만 목줄에서 풀려난 매니큐어가 지금 쿄코 씨의 목 근처에 대고 쿵쿵 냄새를 맡고 있는 모습을 보니 따를 수밖에 없었다.

무력감이 엄청났다.

그랬다.

미술관이 커다란 밀실이라고 해도 그 밀실의 열쇠는 출입구에서 문지기 역할을 하고 있던 토비라이 경부보 한 사람이 쥐고 있었던 거다. 나와 쿄코 씨 말고는 아무도 안에 들이지 않았다는 그녀의 증언으로 밀실이 성립되었다.

논리적으로는 잘못된 데가 없다.

하지만 이 시스템에서 **문지기 본인은 자유롭게 출입할 수 있지 않은가.** 홀에서 말다툼을 벌이고 있는 수사진과 직원들의 옆을 지나 관장실에 잠깐 실례하는 것은 문제도 아닐 텐데, '통행증'이 왜 필요하겠는가.

애완동물 동반 출입금지? 그런 규칙을 성실하게 지킬 필요가 없었던 거다.

그 규칙을 철회하게 만들기 위해 문지기가 불법 침입을 한 것이다. 얄궂게도 쿄코 씨는 그 일을 거들고 만 셈이고.

아니, 아니지. 얄궂은 일이 아니다.

잘 생각해 보니 그때, 토비라이 경부보는 우리를 너무도 쉽게 들여보내 주었다. 그리고 전시구획 이외의 장소를 수색하는 게 좋겠다고 슬며시 부추기기도 했다. 헬멧에 달린 인터콤으로 폭탄 해체에 관해 물어본 것은 계획에 없던 일이겠지만, 관장실에서 가짜 폭탄이 발견되면 교착 상태에 있던 마치무라 관장과의 규칙 교섭이 가능해질 것이라는 예상은 더없이 완벽하게 들어맞았다.

"그 때문에 이번에는 경찰 관계자가 의심을 받게 되었으니, 전혀 계획대로라고는 할 수 없어요. 일단 비밀회의 멤버로 뽑히기는 했지만 제가 의심받는 건 시간문제였겠죠. 아니, 망각 탐정은 처음부터 의심을 품은 채로 저를 회의에 초대한 건지도 몰라요."

저는 이 사건의 진상을 처음부터 알고 있었어요…. 분명 그렇게 말할 법하다.

쿄코 씨가 과연 '9010'의 정체를 대체 어디까지 파악했을지는 모르겠다. …그리고 영원히 알 수도 없을 거다.

망각하고 말았으니까.

내가 나 자신을 구속한 것을 확인한 후, 토비라이 경부보는 의식을 잃은 쿄코 씨의 상체를 일으키려 했다. 간호를 하기 위해서가 아니다. 오히려 그 반대로 내가 묶인 것과 떨어져 있는 기둥에 쿄코 씨를 묶었다. 수갑이 없어서 근처에서 로프를 가져왔다. 현장에 있던 도구… 수장고라 끈 정도는 얼마든지 있었다.

정신을 잃은 채 기둥에 묶였는데도 쿄코 씨는 눈을 뜰 낌새가 없다. 아아, 답답해. 지금 당장 달려가서 두 어깨를 잡고 흔들고 싶다. 하지만 토비라이 경부보는 그녀를 꽁꽁 묶더니 남은 밧줄을 들고 내 쪽으로도 다가왔다. 그리고 이미 수갑으로 구속된 내 손목을 다시 한번 묶었다. 그렇게 공들여 고정할 필요는 없지 않나 싶어 의아해졌지만, 아무래도 마지막에 수갑을 회수하려는 속셈 같았다.

"남겨 두고 갈 수는 없으니까요. 이건 경찰 비품이잖아요. 소사체燒死體가 경찰 수갑으로 구속되어 있으면 이상할 테니까요. 두 분 다 불타 없어질 소재로 묶어 둬야죠."

소사체?

아, 하고 깨달았다. 기신이 생각보다 훨씬 위험한 상황에 놓여 있다는 사실을, 뒤늦게 알아챘다. 쿄코 씨가 추리한 대로(잊고 만 추리대로) 이 수장고에 폭탄이 있다면, 여기 이렇게 묶여 있다가는!

"잠깐… 토비라이 경부보님! 저만 묶어 두면 되잖아요! 입막음이 목적이라면 쿄코 씨까지 죽일 필요는 없습니다! 쿄코 씨의 머릿속에만 있던 추리는 당신이 이렇게 잊게 했으니까…."

나는 어쩔 수 없다. 어슬렁어슬렁 따라오고 만 내 실수다. 용의가 풀렸으니 냉큼 돌아갔으면 됐을 텐데, 계속 뭉그적뭉그적 현장에 남아 있고 말았다. …몰라도 될 진상을 알고 말았다.

그러니 나를 처리하려는 건 이해할 수 있다.

하지만 쿄코 씨는 저렇게 기둥에 묶어 둘 필요가 없다. 정신을 잃은 그녀를 안고 '누구든에게 습격당한 것 같아요'라고 하면서 유라 경부에게 데려가면 된다. 그러면 만사 해결이다. 뭣하면 행방불명된 나에게 죄를 뒤집어씌워도 상관없다.

"그러게요. 당신이 좀처럼 돌아가 주지 않아서 난감했거든요. 카쿠시다테 씨의 역할은 다 끝났었는데."

"내 역할…?"

무슨 소릴 하는 거지? 아니, 저 말을 들으니 알겠다. 쿄코 씨의 자의식 과잉 발언… 나를 폭탄마로 만듦으로써 망각 탐정을 무대에 등단시키려 했다는 그 가설.

설마.

설마 설마 설마.

범인의 목적은 전시품을 훔치는 것도, 마치무라 관장에 대한 원한도, 하물며 유쾌범도 아니고.

"당신은… 오로지 쿄코 씨를 죽이기 위해 이런 사건을 일으킨 겁니까?"

"물론이죠."

'학예사9010'은 고개를 끄덕였다.

"동기는 복수예요."

28

토비라이 아자나 경부보, 다시 말해서 '학예사9010'은 충격에서 벗어나지 못한 듯한 카쿠시다테 청년을 향해 "망각 탐정. 비밀 유지 의무 절대 엄수. 어떤 사건이든 하루 만에 해결합니다… 그리고 다음 날에는 잊습니다."라는, 오키테가미 탐정 사무소의 캐치프레이즈를 낭독하듯이 읊었다.

"하지만 잊히는 쪽한테는 울화가 치미는 일이죠. 망각 탐정의 단골손님인 당신이라면 이 마음을 이해하지 않나요?"

"……?"

이해하고 말고 하기 이전의 문제인지 카쿠시다테 청년은 답이 없었다. 토비라이 경부보는 개의치 않고 말을 이었다.

"사실 저는 쿄코 씨의 소문을 들었을 뿐 아니라, 함께 수사했던 적도 있었거든요. 제가 시력을 잃은 건 그때였죠."

"…쿄코 씨 때문이라는 겁니까?"

"글쎄요, 어떨 것 같아요?"

토비라이 경부보는 얼버무리듯 그렇게 말하더니 회수한 수갑을 다시 허리에 걸었다. 이어서 카쿠시다테 청년의 주머니에서 그의 스마트폰을 빼냈다. 주소록에 탐정들의 연락처가 가득 담긴 스마트폰을.

어떻게 할까.

이대로 둘 수는 없지만 가지고 갈 수도 없다. 소사체에 수갑이 채워진 것도 부자연스럽게 보일 테지만, 요즘 시대에 휴대전화를 가지고 있지 않은 시체는 그보다 훨씬 부자연스럽다는 논리가 성립될 테니.

망가져 있어도 부자연스러워 보일 거다.

잠시 생각하다가 카쿠시다테 청년에게서도, 망각 탐정에게서도 떨어진 장소에 있는 선반에 두었다. 전원을 꺼야 할까도 싶었지만 폭파 시각까지 어딘가에서 연락이 올지도 모른다. 거듭 말하자면 요즘 시대에는 '전원이 꺼진 휴대전화'라는 것도 부자연스럽게 보일 거다. 다들 보조 배터리 정도는 가지고 다니는 시대니까. 여기 둘 수밖에 없다.

이거 참.

이렇게 되고 보니 전자기기를 가지고 다니지 않는 망각 탐정에 대한 대처는 정말이지 간단했다. 정말이지 나약한 탐정이다.

연약하다. 지금까지 누구에게도 복수를 당하지 않은 것이 신기할 정도다.

"자… 잠깐만, 질문에 대답해 주십시오! 함께 수사를 했다는 그 사건에서, 대체 무슨 일이 있었죠?!"

"말해 봐야 아무 의미도 없잖아요? 당신 말대로 쿄코 씨는 그 사건에 관한 일을, 까맣게 잊었을 테니…. 그리고 당신은 이제 곧 폭사할 테니까요."

"…부탁입니다, 토비라이 경부보님. 제발, 이런 짓은."

애원하는 말도 끝까지 들어 주지 않았다. 쿄코 씨를 잠들게 할 때 사용했던 유기용제에 적신 손수건을 재갈 삼아 카쿠시다테 청년의 입을 막았다. 물론 이 손수건도 사무동에서 슬쩍해 온 것이다.

현장에 있던 도구다.

토비라이 경부보가 조사한 바에 따르면 이 수장고는 방음처리가 되어 있어서 큰 소리로 도움을 구한다 해도 걱정이 없었다. 떨어뜨려 놓은 스마트폰을 음성으로 조작할지도 모른다는 게 더 문제였다.

그도 잠들게 해야겠다.

망각 탐정과 마찬가지로 축 늘어져서 꿈이 세게고 떠나산 듯한 카쿠시다테 청년을 내버려 둔 채… 토비라이 경부보, '학예사 9010'은 안내견 익스텐션을 따라 경찰견 매니큐어를 이끌고 수장고를 뒤로했다. 폭탄 처리반의 리더에게 수장고도 이상이 없었고 올 클리어all clear였다는 보고를 하기 위해서.

물론 인증번호를 알려 준 미술관 직원과 약속한 대로 셔터도 잊지 않고 잠갔다.

29

나는 잠들지 않았다.

냄새도 맛도 지독하고, 의식도 분명 날아갈 뻔했지만 쿄코 씨에게 사용했던 것을 재활용한 탓인지 수면 도입 효과는 떨어진 듯했다. 순식간에 기절한 척을 하는 정도의 재주는 나도 부릴 수 있다.

다만 그렇게 자는 척을 한 보람이 있었다고 하기는 어려울 것 같다. 빈틈을 찌르기 전에 토비라이 경부보가 냉큼 떠나고 말았기 때문이다.

화학약품 냄새 때문에 속만 울렁거렸다. 차라리 잠드는 편이 속 편했을지도 모르겠다. 바로 옆에서 새근새근 자고 있는 쿄코 씨처럼. 하지만 얼마쯤 지나 혼란스러웠던 머리를 정리하고 나자, 나는 맹렬하게 화가 나서 잠들 수도 없을 것 같았다.

토비라이 경부보, '9010'의 범죄에 대한 분노가 아니었다. 물론 죄 없는 쿄코 씨의 잠든 얼굴에 대한 분노도 아니고… 나 자신에 대한 분노였다.

어째서 못 알아챈 걸까.

토비라이 경부보의 목적이 망각 탐정에 대한 복수라는 것을… 아니, 그걸 알아채는 건 물론 무리다. 망각 탐정이 과거에 담당했던 사건에 대한 기록은 완전히 말소되었으니. 그 때문에 망각 탐정인 것이다. 토비라이 경부보와 쿄코 씨 사이에 모종의 악연이 있었다 해도 당사자가 아닌 내가 그걸 알아채는 건 불가능하다.

하지만… **잊히는 것 자체를 원망하는 사람이 있을 줄이야.**

두 사람이 협력해서 수사했던 게 어떤 사건이었든, 쿄코 씨 때문에 토비라이 경부보가 시력을 잃을 만한 일이 생겼다고 보기는 어려울 것 같지만, 어떤 비극이 그녀를 덮쳤건 쿄코 씨가 그 비극을 잊고 만 것을 용서할 수 없다는 눈치였다.

다만 내게 넌지시 말했던 것처럼 그 마음을 전혀 이해 못 하겠느냐 하면, 완전히 부정할 수도 없었다. 만날 때마다 '처음 뵙겠습니다'라는 소리를 들으면 존재를 부정당하는 것처럼 느끼는 사람도 있을 것이다.

내가 그런 식으로 생각한 적이 없는가 하면… 아니지, 이건 스톡홀름 증후군이다. 토비라이 경부보에게 동감해서 뭘 어쩌기는 건가. 그녀가 '사실은 좋은 사람'이고 마음이 바뀌어서 구하러 와 주길 기대하는 건가? 어떤 사정이 있건 오로지 쿄코 씨에 대한 원한을 풀기 위해 이만한 중범죄에 손을 댄 인물인데?

아무런 망설임도 없이 나를 휘말려 들게 했다. 내가 어슬렁거린 것은 그녀의 계획에 없던 일이었지만, 계획을 변경했을 뿐 중지하지는 않았다. 제한시간을 둔 시점에서 쿄코 씨를 미술관으로 끌어들여 이 수장고에서 폭사시키는 것이 '학예사9010'의 유일한 목적이었던 거다. 쿄코 씨가 예상을 뛰어넘는 속도로 추리를 해서 그 예정을 살짝 앞당긴 것뿐이다.

이제 오후 8시까지 처리반을 비롯한 수사진을 철수시키고, 미술관을 노린 범행으로 보이게끔 폭탄을 터뜨려 쿄코 씨를….

"……"

폐관 시간인 오후 8시까지 얼마나 남았지? 조금 전에 시선을 빼앗겼던 벽시계로 눈을 돌린 순간, 나는 다른 생각에 사로잡혔다. 참고로 현재 시각은 오후 6시로, 제한시간까지 두 시간이 남은 시점이었는데.

닿지 않을까, 저거?

아니, 벽시계는 한참 떨어져 있어서 닿을 리가 없고, 닿는다고 해서 할 수 있는 일도 없다. 내가 말한 것은 시계를 보면서 시야에 들어온, 조금 전 토비라이 경부보가 압수해 갔던 스마트폰이다.

물론 그것도 닿지 않는다. 닿을 만한 장소에 둘 리가 없다. 하지만 스마트폰 자체에는 닿지 않을지 몰라도 그게 아무렇게나 놓여 있는 선반이라면 아슬아슬하게 발끝이 닿을 듯했다.

시험 삼아 발을 뻗어 보았다.

나는 분에 겹다고 할 수 있는, 주제에도 맞지 않는 거대한 몸뚱이를 지금껏 제대로 써먹은 적이 한 번도 없었지만, 이때만은 키가 10센티미터만 더 컸으면! 하고 진심으로 바랄 수밖에 없었다. …그리고.

두 발을 다 뻗었을 때는 닿지 않았지만 오른발 한쪽만 뻗자, 발끝 정도가 아니라 발꿈치 부분까지 닿았다. 매트 운동을 할 때처럼 상당히 무리한 자세가 되었지만 닿기는 닿았다.

아버지, 어머니, 감사합니다.

부모님의 은혜가 한없이 감사하게만 느껴졌다.

탁탁, 나는 선반을 계속 발로 차며 '그래, 보기에 안 좋은 내 구부정한 자세가 이번만큼은 좋은 쪽으로 작용한 것 같군'이라고 생각했다. 토비라이 경부보는 목소리가 들리는 위치 등으로 상대의 키를 판단한다. 쿄코 씨에게 경찰수첩을 던졌을 때도, 내게 수갑을 던졌을 때도 그랬다. 그래서 그녀는 새우등을 하고 다니는 내 몸집이 그렇게까지 크지 않다고 생각한 것일지도 모른다.

어쩌면 그래서 마취제의 양이 부족했던 것일 수도 있다. 토미라이 경부보는 그 정도면 충분하다고 생각했을지 모르지만, 손수건에 적신 유기용제는 몸집이 큰 나를 완전히 잠재우기에는 부족했다.

뭐든 써먹을 데가 있기 마련이구나.

이렇게 계속 선반을 걷어차다 보면, 세 번째 단에 올려놓은 스마트폰이 바닥에 떨어지지 않을까… 떨어진 스마트폰이 손이 닿을 곳까지 굴러오지 않을까…. 나는 그런 가능성에 실낱같은 희망을 걸었지만, 선반은 상당히 튼튼했다. 아주 그냥 꿈쩍도 안 했다.

볼트 같은 걸로 고정이라도 되어 있나?

소중한 예술작품을 수장하는 보관용 선반이니 당연하려나. 마치 대륙붕大陸棚이라도 되는 듯 꿈쩍도 안 한다. 그러고 있자니 토비라이 경부보는 나를 골려 주려고 저렇게 닿을 듯하면서도 닿지 않을 위치에 스마트폰을 둔 게 아닐까, 라는 엉뚱한 의심마저 들었다. 그리고 그때, 갑자기 선반이 크게 흔들렸다. 나는 진동으로 스마트폰이 바닥에 떨어져 주기만 하면 그걸로 충분했지만, 내 시야에는 보이지 않는 안쪽에서 중심이 크게 이동했는지 선반 자체가 크게 기울어져 버렸다.

심지어 이쪽으로.

볼트로 고정되어 있던 것 아니었어?!

미동도 않을 듯했던 선반은 한번 기울어지기 시작하더니 걷잡을 수 없이 움직였고… 엄청난 소리를 내며 스마트폰을 비롯한 진열된 물건들을 모두 바닥에 쏟아 냈다.

하마터면 기둥에 묶여 있어서 피하지도 못하고 아래에 깔릴 뻔했다.

폭사가 아니라 압사할 뻔했다.

쿄코 씨를 보았다. 새근새근 잠들어 있다.

이 사람은 정말이지….

이런 상황임에도 불구하고 나도 모르게 쓴웃음을 짓고 싶어졌다. 어떻게 해서든, 나중에 한소리 해 줘야겠다. 나는 그렇게 결의를 다지고 스마트폰을 찾았다. 현대미술의 정수를 모아 둔 보관용 선반에 보전되어 있던 수많은 예술품을 엉망으로 만들었다는 사실은 누명으로 넘길 수 없을 듯했지만, 그건 일단 옆으로 치워 두기로 했다(물론 비유적인 표현이다).

내 스마트폰은 어디에 있지?

그 스마트폰에는 온갖 탐정들의 전화번호가 등록되어 있어서 안 그래도 내 목숨줄이라 해도 과언이 아니었지만, 지금은 진짜로 목숨이 걸려 있다. …찾았다.

손이 닿을 만한 곳까지는 아니었지만, 허벅지 근처에… 떨어졌을 때의 충격 때문인지, 아니면 바로 위에 예술작품이 떨어지기라도 한 것인지 액정 화면이 거미줄을 친 듯 쩍쩍 갈라져 있다는 점에 엄청 충격을 받았지만 유리 아래에 대기 화면이 켜진 걸 보니 작동에는 문제가 없는 듯했다.

'PM 6:05'라고 또렷하게 표시되어 있다.

하지만 나는 그제야 내 생각이 짧았다는 사실을 알아챘다. 애초에 로프에 손을 묶인 상태라, 손이 닿는 곳에 스마트폰이 떨어졌다 해도 조작을 할 수가 없다. 허벅지 근처에 있는 스마트폰을 어찌어찌 기둥 뒤로 이동시킨다 해도(혹은 나 자신이 기둥을 축으로 회전한다 해도) 화면을 보지 않고 스마트폰의 터치패널을 조작하는 건 불가능하다. 버튼식이라면 모를까, 화면이 매끈매끈해서… 아니, 온통 금이 가서 이제 매끈매끈하지 않지만.

구형 폰이었다면!

재갈을 문 상태가 아니었다 해도 음성인식 기능 같은 건 거의 써 본 적이 없다. 쿄코 씨는 어떨까? 그녀는 재갈을 물고 있지 않다. 저 위치에서 말해 달라고 하면…. 하지만 눈을 뜰 낌새가 전혀 없다. 선반이 무너졌는데도 깨지 않았으니, 폭발 순간에도 쿄코 씨는 꿈속 세계에 있지 않을까. 그건 불행 중 다행이라 할 수 있을 것 같다.

어쩌면 깊이 잠든 게 아니라 약품의 효과가 지나치게 강하게 나타난 건지도 모른다. 그렇다면 '순수한 잠든 얼굴'이라는 시적 표현이나 쓸 때가 아니다.

위기에 처할 때마다 나는 늘 탐정에게 도움을 청했었지만, 이 번만은 의뢰인 역할을 접어 두어야 할 것 같다. 도움을 구할 생각은 버리자.

오늘만이라도 좋다.

생각해라, 이런 때, 명탐정이라면 어떻게 할까?

터프한 명탐정이라면 이런 위기도 무난히 타파해 보일 거다. 터치 패널에 관한 이야기를 어디서 했던 것 같은데? 그래, 취조실이었다. 이제 꽤 오래전 일처럼 느껴지지만 시간상 반나절도 되지 않은 일이다.

그래, 맞다. 쿄코 씨가 탐정다운 말을 했었다. 터치 패널은 지문 채취에 도움이 되겠다고. 마치 형사 드라마에서 수사원이 용의자에게 건넸던 컵에서 지문을 채취하는 것처럼… 또 뭐라고 했더라?

그걸 회피할 방법이 있다고 했었지.

장갑을 끼면 된다고 했던가? 정전기가 통하는 장갑을… 아니지, 그건 유라 경부의 감상이었다. 쿄코 씨는 지문을 묻히지 않고 조작하는 방법이 있다고 했을 뿐이다. 다시 말해서 그건, 손가락을 대지 않고 터치 패널을 조작할 방법이 있다는 뜻이 아니었을까?

음성 인식…을 터치 패널도 잘 모르는 사람이 알고 있었을 것 같지는 않고. 최신 기술 중에는 시선으로 조작하는 컴퓨터 같은 것도 있다는 모양이지만 그런 최신 기술이야말로 쿄코 씨와는 인연이 없는 것들이다.

"……."

혹시.

생각하며 나는 몸을 뒤틀었다. 그런 게 가능할지 어떨지, 확신이 있는 건 아니지만 이론상으로는 가능해야만 한다. 음성, 다시 말해 입으로 조작하려 한 것도, 시선, 다시 말해 눈으로 조작하려 한 것도 아니다. …코였다.

지문은 없지만 코도 피부다.

소는 아니지만 인간의 비문鼻紋을 카탈로그화한 데이터베이스는 전 세계의 수사 기관을 뒤져도 존재하지 않을 테니 범인을 특정하는 데에는 아무 도움도 되지 않겠지만, 정전기를 띤다는 점에 있어서 코와 손가락은 다를 게 없다.

예상한 대로… 성공했다.

꺼져 있던 화면이 켜지더니 '비밀번호 입력' 화면이 떴다. 화면이 너무 가까이 있어서 코로 콕콕, 일일이 비밀번호를 누르기는 어려웠지만 긴급연락처에 전화할 때는 비밀번호를 입력할 필요가 없다.

나는 화면을 옆으로 밀었다. '110[*]'.

※110 : 일본의 경찰 신고 전화.

금방 경찰과 연결되었다.

민원 접수 경찰이 차분한 목소리로 대응해 주었다. 그 온도 차이에 속이 타들어 가는 듯한 초조함은 조금 진정되었지만, 나는 재갈을 문 상태라 통화 상대에게 현재 상황을 제대로 전달할 수가 없었다.

곰곰이 생각해 보니 바로 아래층에 경찰이 수두룩한데 전화 너머에 있는 경찰에게 도움을 구하고 있구나 하는 생각이 들어 격화소양*이라는 말이 절로 떠올랐다. 어떻게 해야 할까, 이대로 통화 상태를 유지해 두기만 해도 전파를 통해 위치 정보를 특정해서 구하러 와 줄까. 차례로 밀려드는 과제로 골치를 썩이고 있는데….

"저기~"

옆에서.

그런 태평한 목소리가 들려왔다.

고개를 돌려 보니 언제부터 나의 고군분투를 지켜보고 있었는지는 모르겠지만, 쿄코 씨가 기상起牀해 있었다. …말 그대로, 자리牀에서 일어나起 있었다.

"바쁘신 와중에 죄송하지만… 여긴 어딘가요? 당신은 누구고요?"

※격화소양(隔靴搔癢) : 신을 신고 발바닥을 긁는다는 뜻으로 성에 차지 않거나 철저하지 못한 안타까움. 답답함을 이르는 말.

"……"

민원 접수 경찰과 완전히 똑같은 질문을, 추리도 진리도 범인
도, 오늘 날짜까지도 모조리 다 잊은 상태로 개운하게 잠에서
깨어난 쿄코 씨가 아주 기진맥진해진 나에게 던졌다.

30

그리하여 망각 탐정은 겨우 궁지에서 벗어났지만 이로써 만사
해결, 해피엔딩을 맞은 것은 아니었다. '해결되지 않은' 요소들
을 줄줄이 나열하자면, 우선 본부의 연락을 받고 바로 아래층에
서 달려와 준 유라 경부와 폭탄 처리반의 면면들이 꼼꼼히 수색
해 보았지만 수장고에서 시한폭탄은 발견되지 않았다.

'시한폭탄은 전시구획도 관계자 외 출입금지 구역도 아닌, 관
계자조차 들어가지 못할 구획에 설치되어 있지 않을까'라는 쿄
코 씨의 추리는 아쉽게도 빗나갔던 것이다. 나는 폭탄과 함께
감금되어 있다는 생각에 정신이 나갈 것만 같았지만 잘 생각해
보니 토비라이 경부보는 수장고에 시한폭탄이 있다는 말은 한마
디도 하지 않았다.

결과적으로 쿄코 씨의 빗나간 추리를 교묘하게 이용한 것뿐이
다. 쿄코 씨를 감금할 후보지 중 하나에 우연히 수장고가 포함
되어 있었던 것에 불과하다. 그렇다면 그렇게 착각한 쿄코 씨를

보고 그녀는 분명 의기양양한 미소를 지었을 것이다. 그 토비라이 경부보, 요컨대 '학예사9010' 건도 전혀 해결되지 않았다.

추리소설이었다면 범인의 정체가 판명되자마자 곧장 사건이 마무리되었겠지만 쿄코 씨와 나를 수장고에 가둔 후, 그녀는 미술관에서 모습을 감췄다. 꼼꼼하게 셔터를 잠그고 '수장고 체크 완료'라고 상사에게 보고한 후에(이 보고 자체는 거짓 없는 진실이었지만) 하라키 순사에게 두 마리의 개를 맡겨 두고 마치 근처에 있는 편의점에라도 가듯 훌쩍 미술관 밖으로 나가 버렸다는 모양이다.

설마 그녀가 본인을 '9010'으로 날조할 줄은 꿈에도 몰랐던 하라키 순사는 막연하게 '소중한 개 두 마리를 맡기고 갈 정도니, 그리 멀리 가지는 않겠지'라고 생각했다는데… 알고 보니 그 행위 자체가 진범의 도주 행각이었던 것이다.

쿄코 씨에게 복수한다는 목적을 반쯤 달성했기 때문인지, 아니면 만에 하나라도 우리가 탈출했을 때에 대비하기 위한 예방조치인지. 어쨌든 그녀는 미술관을 떠난 후, 무전기로도 휴대전화로도 연락이 되지 않았다.

나도 매니큐어는 둘째 치고 익스텐션이 없으면 토비라이 경부보는 실제로 그렇게 멀리 가지 못하지 않을까, 라고 생각했지만 정비된 길을 걷는 정도라면 지장이 없다고 한다. 그러고 보니 그런 소리도 했었다.

보이지 않는 것은 빛이지, 그림자가 아니라고.

돌이켜 보니 그게 가능했기에 입체 주차장에서 자동차의 '그림자'를 이용한 트릭을 사용한 것이리라.

두 마리의 개를 담보 삼아 감쪽같이 사라지고 말았다.

뭐, 그러지 않았다면 명백하게 수상한 내 증언은 절대로 믿어 주지 않았을 거다. 폭탄 처리반의 멤버들뿐 아니라 유라 경부를 비롯한 수사팀, 거기에 감식반에 이르기까지 모든 사람들이 '토비라이 경부보가 그런 짓을 할 리가 없다'고 입을 모아 말했다.

묶여 있던 나를 범인 취급한 사람들도 있었을 정도다. 두고 볼 수 없었는지 유라 경부가 나무라기는 했지만(한 번은 나를 체포할 뻔했던 유라 경부가 나를 감싸 줄 줄이야) 어쨌든 토비라이 경부보는 그만큼 신용이 두터운 경찰이었다.

아무도 그녀를 의심하지 않았다.

망각 탐정조차도, 그 시점까지는.

그러므로 '9010'의 정체와 동기는 판명되었지만, 설치되어 있는 폭탄의 위치가 밝혀지지 않은 데다 범인이 어디서 무엇을 하고 있는지도 모르는 상황이라는 사실은 변하지 않았다. 해피엔딩이 되지는 않았다. 이제 두 시간도 남지 않았는데도.

현재 시각은 오후 6시 10분.

보통은 포기해도 이상할 게 없을 시간대다. 아니, 이건 시간의 문제가 아니다. 쿄코 씨는 범인인 토비라이 경부보의 초대로 무대에 등단하고 말았다. 심지어 출입금지 조치를 받은 토비라이 경부보의 의도를 꿰뚫어 보지 못하고 그녀가 미술관에 들어오는 걸 돕고 말았다.

해체한 것은 가짜 폭탄이었다.

범인이 아니라고 단언하고 말았다.

폭탄은 수장고에 있다는 추리는 빗나갔다.

예술품을 훔치는 게 목적이라는 예상도 빗나갔다.

하라키 순사야말로 '9010'이라는 거짓말에 속아 순순히 유인당하고 말았다. 교활한 함정에 걸려 잠들어, 자신의 목숨뿐 아니라 의뢰인인 내 목숨까지 위험에 빠뜨리고 말았다.

그녀의 팬인 내 눈으로 보아도 감싸 줄 방법이 없을 정도로 엄청난 실수다. 물론 각 실수에 대한 변명의 여지는 있지만, 자긍심 있는 탐정이라면 곧바로 간판을 내려도 이상할 게 없을 정도의 실수를 연달아 저질렀다. 의기소침해져서 맥없이 꼬리를 말고 돌아간다 해도 나무랄 사람은 아무도 없을 테고, 오히려 그렇게 하는 게 최소한의 패배의 미학이라고 생각하는 사람도 있을 것이다. …**보통이라면** 말이다.

하지만 쿄코 씨는 망각 탐정이다.

얄궂게도 '9010'에 의해 잠들어 결정적인 트라우마가 될 수도 있었던 그러한 기억들은 아주 말끔하게, 완전히 사라진 상태다. 실수와 실패에도 전혀 충격을 받지 않았고, 자긍심에도 전혀 흠

집이 나지 않았다 바셔의 빛도 없다 새하얗다. 지금도 카페에서 옷소매를 걷어붙이고(수장고에서 먼지를 잔뜩 뒤집어써서 몸에 이상이 없는지 확인한 후에 다시 갈아입었다) 자신의 팔을 의아하다는 눈으로 쳐다보고 있었다.

'나는 오키테가미 쿄코. 25세.

오키테가미 탐정 사무소 소장. 백발, 안경.

기억이 하루마다 리셋된다.'

맨살에 적힌 그런 내용의 프로필, '오키테가미 쿄코의 비망록'을 뚫어져라 재확인하고 있다. 기록을 남기지 않는 탐정의 몇 안 되는, 최소한의 메모다. 뒤집어 말하자면 지금, 그녀에게 있는 정보는 그것뿐이고 지금까지 어떤 추리며 추론을 거쳤는지 전혀 알 수 없게 된 셈인데… 그럼에도 탐정의 마음은 아직 꺾이지 않았다.

수사는 계속된다. 앞으로 최대 한 시간 50분 동안.

"쿄코 씨. 오래 기다리셨습니다. 이게 토비라이 경부보가 실명한 사건의 수사 파일입니다."

맡아 뒀던 두 마리의 개를 일단 미술관 인근에서 운영 중인 펫 숍에 부탁해서(경찰수첩을 방패 삼아 떠맡겼다고도 할 수 있겠지만) 맡겨 두고 온 하라키 순사가 쿄코 씨가 앉은 테이블에 내려놓은 것은 서류 다발이 아니라 그의 태블릿 PC였다. 요즘에는 수사 파일도 PDF로 송신하는 모양이다.

"감사합니다, 하라키 순사님. 처음 뵙겠습니다."

쿄코 씨는 고개 숙여 인사하더니 분위기는 살피지 않고 신이 나서 "우와~ 요즘 터치 패널은 이렇게까지, 정말 대단하네요~" 라고 말했다.

그 지점까지 돌아간 것이다.

쿄코 씨가 그때 취조실에서 넌지시 주었던 힌트가 없었다면 우리는 아직도 수장고에 묶여 있었을 텐데. 동석한 유라 경부는 그런 순진한 반응을 보이는 그녀에게 짜증 섞인 목소리로 "잘 좀 부탁합니다, 쿄코 씨."라고 말했다.

"이제 동기 쪽으로 접근하는 수밖에 없습니다. 수장고에도 없 었으니 말이죠. 전시구획에도, 사무동에도. 물론 이 카페에도 요. 설치된 폭탄의 위치를 특정하려면 '90…' 토비라이 경부보의 내면을 들여다보는 수밖에 없습니다."

그 짜증에는 믿었던 동료를 쫓아야만 하는 처지에 대한 짜증 도 섞여 있겠지만… 자기 자신에 대한 분노가 더 클 것이다.

"네에."

쿄코 씨는 맥없이 답했다. 전혀 공감하지 못하는 눈치다.

조금 전에 잠에서 깬 쿄코 씨에게 토비라이 경부보는 '만나 본 적도 없는, 모르는 사람'이다. 그런 의미에서 보면 나와 유라 경 부, 폭탄 처리반 멤버들이 떠안고 있는 심리적인 갈등은 전혀 없다.

뭐, 보통은 그렇게 정신적인 대미지를 입지 않는다는 겁이 쿄코 씨가 최대의 퍼포먼스를 발휘할 수 있게 하는 이점으로 작용하지만, 망각 탐정을 망각 탐정이게 하는 바로 그 이유가 범행 동기와 직결되어 있다면….

쿄코 씨와 토비라이 경부보는 과거에 함께 수사를 했었고, 그 사건에서 토비라이 경부보는 실명했다. 쿄코 씨 때문에? 명탐정의 실수로 피해를 입은 원한… 아니, 실수 자체가 아니라 그런 실수마저 망각해 버리는 탐정을 용서할 수 없었다. …그게 동기다.

다만 그 긴박한 상황에서 들어서 억지로 납득한 면이 있다고 해야 할지, 별다른 의문이 들지 않았었지만 다시 생각해 보니 이상하게 느껴지기도 했다.

복수가 목적이라면 직접적으로 오키테가미 탐정 사무소를 폭파하면 그만이다. 난폭한 가정이지만 그 편이 확실할 테니. 왜 아무 상관도 없는 미술관을 끌어들인 걸까? 개인에 대한 복수가 목적이라면 아무리 생각해도 과하지 않나? 사상자는 나오지 않았다지만 나왔어도 이상할 게 없었고, 물적 피해는 그야말로 막대하다.

게다가 몇 년도 더 전의 일이다.

그러니 시효도 다 됐을 거라는 뜻이 아니라, 토비라이 경부보가 어째서 지금, 이 타이밍에 망각 탐정에 대한 복수에 나섰는가… 그 의문을 풀 열쇠를 찾기 위해서는 역시나 과거로 거슬러 올라가야만 한다. 설령 쿄코 씨가 잊었다 해도 그것이 토비라이 경부보에게는 잊을 수 없는 과거라면.

어쩌면 그것이 폭탄 설치 장소뿐 아니라 그녀를 추적하는 데 도움이 될지도 모르기에.

"폭탄이 있는 곳이나 토비라이 경부보가 있는 곳. 최소한 그 중 하나를… 가능하면 양쪽 모두 앞으로 두 시간 이내로 알아내야 합니다. 폭탄 처리를 위한 시간을 생각하면 제한시간까지 한 시간 남짓밖에 없다고 해야 할지도 모르겠군요. 어찌 되었든, 훑어봐 주십시오, 쿄코 씨. 그러면 뭔가 기억이 날지도 모릅니다."

"그럴 일은 없을 것 같지만 말이죠."

망각 탐정의 시스템을 잘 모르는 듯한 유라 경부의 말에 어깨를 으쓱했지만, 그 열의는 전해진 것인지 쿄코 씨는 "뭐, 읽어볼까요. 최대한 빠르게."라면서 태블릿 PC 화면에 띄워진 것을 속독하기 시작했다.

31

'XXXX 고등학교 폭파 사건'

20XX년 6월 20일

피의자 : XXXXX(3학년 5반, 남, 당시 17세)

피해자 : XXXXXX(3학년 3반, 남, 당시 18세)

　　　　XXXXXX(3학년 2반, 여, 당시 17세)

　　　　XXXXXX(3학년 3반, 여, 당시 17세)

　　　　XXXXXX(2학년 1반, 여, 당시 17세)

　　　　XXXXXX(2학년 1반, 여, 당시 16세)

　　　　XXXXXX(1학년 5반, 남, 당시 15세)

사건 개요 : 이과부 부장이 교내에서 폭탄을 제작.

　　　　　학년 불문, 사이가 나빴던 학생의 책상에 간이폭탄을 설치해 차례로 폭파.

　　　　　최종적으로는 학교 전체의 폭파를 꾀하고 있었던 모양.

　　　　　제작한 폭탄의 수는 약 300개.

　　　　　이 숫자는 전교 학생 수보다 많음.

비고 : 폭탄 중 태반은 불발로 처리.

　　　살상능력은 높았지만 신속한 수사 덕분에 피해자는 다들 경상에 그침.

　　　단, 수사원 한 명이 수사 중 여학생을 감싸다가 실명 피해.

32

…들어 본 적 없는 사건이었다. 아마도 미성년이 얽혀 있어 비공개로 처리된 게 아닐까 싶다. 수사 파일의 내용도 온통 숨김표투성이였고 말이다. 그게 아니면 결과적으로 그다지 큰 피해가 발생하지 않아서(책상에 폭탄이 설치된 아이들의 심리적인 치료는 반드시 필요하겠지만) 뉴스적인 가치가 없다고 판단된 건지도 모른다. 다만 예민한 소재인 동시에 화제성이 있는 요소가 포함된 사건이니 전혀 보도가 안 되지는 않았을 거다. 단순히 내가 모르는 것뿐일까.

여학생을 감싸다가 실명 피해.

분명 이 수사원이 토비라이 경부보를 말하는 것이겠지만, 이 맥락만 보면 쿄코 씨 때문으로 해석할 수가 없다. 아닌 게 아니라 당연히 보고서를 읽어도 망각 탐정의 '망'자도, 오키테가미 탐정 사무소의 '오'자도 없었다. 오키테가미 쿄코의 '쿄'자도.

경찰 수사에 민간 탐정인 쿄코 씨가 비공식적으로나마 협력하고 있는 것은 오로지 그녀가 망각 탐정이기 때문으로, 그 성공도 실패도 기록에는 일체 남지 않는다. 그래서 수사 파일에 토비라이 경부보와 쿄코 씨의 악연이 그대로 적혀 있을 거라는 기대는 하지 않았지만, 이렇게까지 단서가 없으니 낙담할 수밖에 없었다.

"의뢰인은 어떤 분이었나요? 역시 이 사건의 현장 지휘관이셨습니까?"

내가 묻자 하라키 순사가 "연락을 취해 봤지만 의뢰인은 본인이 아니라고 말씀하셨습니다."라고 설명해 주었다.

"그 밖에도 폭탄 처리반 멤버를 비롯해서 당시 이 사건에 관여했던 사람들을 탐문하고 다니는 중이지만, 내가 바로 쿄코 씨에게 수사 협력을 의뢰한 의뢰인이라고 나서는 사람은 없더군요."

"뭐, 비밀리에 의뢰한 것일 테니까요."

쿄코 씨는 속독을 마치고 일단 팔짱을 끼더니, 당시의 일을 떠올리려고 노력하는 듯한 시늉을 해 보였다.

자고로 경찰은 명탐정이라는 작자들에게 의지해서는 안 된다… 라는 풍조도 있을 테니 설령 쿄코 씨에게 의뢰했어도 당사자는 그 사실을 숨기고 싶어 할 수도 있다는 건가. 만약 자신의 공적으로 보고했다면 더더욱 그럴 것이다.

"어쩌면 토비라이 경부보 본인이 의뢰인이었을지도 모르죠."

유라 경부가 그런 가설을 세웠다.

있을 수 있는 일이다.

원래 두 사람은 탐정과 의뢰인이라는 관계였을지도 모른다. 지금의 나와 마찬가지로. 그런데 대체 무슨 일이 있었고, 어떤 엇갈림이 있었으며, 어떻게 사이가 틀어졌기에 이렇게까지 돌이킬 수 없는 대립 관계가 된 것일까. 문득 시선을 돌려 보니 여전히 팔짱을 끼고 있는 쿄코 씨의 표정에 아주 약간 고뇌가 배어난 듯 보였다. 즉석 마취의 후유증인가? 아니.

시늉이 아니라 의외로 이 사람은 진심으로 떠올리려 하고 있는 건지도 모른다. 무리란 걸 알면서도.

그런가.

망각이라 해도 추리 중 실수를 했던 것과 범인에게 보기 좋게 속은 사실을 잊는 것은 그 질이 다르다. 자신도 모르게 어딘가에서 타인을 상처 입혔을지도 모르고, 그게 사건의 불씨가 되었을지도 모른다면 아무리 그녀라도 '모조리 다 잊었더니 개운하네요!'라고 생각할 수는 없을 거다.

오히려 어떤 사정이 있었는지를 기억 못 하는 만큼, 변명할 방도도 없다. 구도만 보면 존재하지 않는 죄를 뒤집어 쓴 것에 가까워, 악마의 증명이라 할 수 있었다. 이렇게 된 이상 시한폭탄은 둘째 치더라도 어떻게든 쿄코 씨와 토비라이 경부보 사이에 있었던 악연을 파헤치지 않으면, 이번뿐 아니라 향후의 탐정 활동에도 지장이 생길지 모른다.

나는 그런 불안에 사로잡혀 하라키 순사의 태블릿 PC를 멋대로 조작해 수사 파일을 다시 한번 처음부터 읽어 보기로 했다. 그런다고 정보가 갱신되지는 않겠지만 수사 과정 중 어딘가에 쿄코 씨의 활동으로 추측할 만한 것이 있다면… 예를 들어 '신

속'이라는 키워드 같은… 그런 게 실마리가 되지는 않은가. 순
서대로 생각해 보자. 차근차근. 사건이 발생한 건 20XX년 6월
20일, 장소는… 응? 20XX년 6월 20일?

잠깐만 있어 봐, 그건….

"…또야! 또 속았어!"

나는 그렇게 외치지 않을 수 없었다. 테이블을 둘러싼 일동뿐
아니라 주변에서 폭탄 탐지를 하고 있던 수사원들의 시선이 집
중되었지만 그런 걸 신경 쓸 때가 아니었다. …이럴 수가!

"저기, 왜 그러십니까, 카쿠시다테 씨? 속았다고 하셨는데…."

유라 경부의 물음에 나는 감정을 억누르지 못하고 "악연 같은
건 눈곱만큼도 없어요, 쿄코 씨와 '9010' 사이에는! 동기는 복수
같은 게 아닙니다!"라고 난폭하게 답했다.

수장고에서 느낀 분노는 유라 경부와 마찬가지로 나 자신에
대한 것이었지만, 이제야 비로소 토비라이 경부보에 대한 분노
가 내 안에 생겨났다. 타인에게 이렇게까지 화가 난 적은 없었
다. 자동차를 폭파당했을 때도, 기둥에 묶였을 때도, 이렇게까
지 화가 나지는 않았다. 하지만 이번에는 도무지 화를 억누를
수가 없었다.

"악연 같은 건 없다니… 아니, 수사 파일에 기록된 것만 보면
그렇게 보일지도 모르지만, 망각 탐정의 존재는 은폐되고 있으
니…."

하라키 순사가 순간적으로 나를 진정시키려 해 주었지만, 그 거야말로 오키테가미 탐정 사무소의 단골손님인 나에게는 하나 마나 한 설명이었다.

그리고 **단골손님이기에**.

할 수 있는 증언이 있었다.

할 수 있는 알리바이 증언이 있었다.

"20XX년 6월 20일! 그날은 제가, 쿄코 씨에게 의뢰한 날이라 고요! 불법침입 및 업무상 횡령 및 총기 도검류에 관한 법률 위 반 혐의의 누명을 풀어 달라고! 망각 탐정의 당일 패션부터 필 요 경비를 포함한 의뢰비까지 하나도 빠짐없이 기억한다니까요!"

33

또다시 사각이었다.

비밀 유지 의무를 절대 엄수하는 망각 탐정은 과거에 담당했 던 사건을 모두 잊고 말기에, 거꾸로 어떤 사건을 담당했어도 이상할 게 없다. **따라서** 어떤 사건이든 날조당할 여지가 있다. 마음껏 날조할 수 있는 공백이 있다.

악마의 증명.

망각 탐정의 추리 실수로 실명했다니, 그런 **누명**을 뒤집어씌 워도 그리 쉽게는 부정할 수 없다. 수사 파일이며 기록에 그 사실이 기록되어 있지 않아도, '기밀로 취급되어서 게재되지 않는다'는 말로 설명이 되고 만다. 결과적으로 수사진은 있지도 않은 악연을 한도 끝도 없이 찾게 되는 것이다. 듣기만 해도 제법 드라마성이 있는 이야기가 아닌가, 망각 탐정에 대한 복수라는 소재는.

과연 그게 뭘까, 생각하게 된다.

매력적인 수수께끼다.

하지만 '9010'이 하라키 순사를 눈속임용 범인으로 지목했던 것과 마찬가지로, 그것도 결국 거짓 동기였다. 그와 관련된 요인들을 아무리 꼼꼼하게 파헤쳐도 폭탄은 발견되지 않을 거다.

큰일 날 뻔했다.

하지만 망각 탐정 쪽은 잊었어도 의뢰인에게는 각 사건이 잊을 수 없는 일이다. 나는 쿄코 씨에게 도움을 받았던 일을 단 하나도, 단 한 번도 잊은 적이 없다.

잊을 수 있을 리가 없는 사건들이다.

증거가 필요하다면 그때 '처음 뵙겠습니다'라는 말과 함께 받았던 망각 탐정의 명함도 준비할 수 있다. 다시 말해서 토비라이 경부보가 실명한 그날, 다른 사건을 담당하고 있었다는 확고한 알리바이가 쿄코 씨에게는 있는 것이다.

이로써 쿄코 씨의 용의는 풀렸다.

방패막으로 삼을 쿄코 씨를 끌어들이기 위해 범인은 단골 중에서도 단골인 나를 이용했지만 단골이었기에 쿄코 씨의 용의를 풀 수 있었으니, 이는 '불상사'라기보다 '9010'이 제 무덤을 판 꼴이라 할 수 있을 것이다.

확실한 사실이 하나 더 있었다.

쿄코 씨에 대한 복수를 가짜 동기로 설정한 걸 보면, '9010'은 그만큼 **진짜 동기**를 감추고 싶은 거다. 그것이 관장에 대한 원한인지, 전시품에 관한 것인지, 그도 아니면 완전히 다른 동기인지는 다시 알 수 없게 되었지만, 아무튼 우리는 아슬아슬하게 미로에 빠져들지 않을 수 있었다. 쿄코 씨에게 복수를 하는 척하며 토비라이 경부보가 진짜로 하려는 짓은 무엇일까. 그 목적을 파악하는 일이 폭탄이 설치된 장소에 대한 힌트로 이어질까.

현재 시각은 오후 6시 30분.

많은 시간을 낭비했지만 아직 싸울 수 있다.

"야쿠스케 씨."

그때.

유라 경부와 하라키 순사가 수사 방침을 수정하기 위해 카페를 떠남과 동시에 쿄코 씨가 작은 목소리로 그렇게 말하며 내 소매를 잡아당겼다.

야쿠스케 씨?

오늘은 시종일관 카쿠시다테 씨라고 부르고 있었는데… 아아, 그렇구나. 기억이 리셋되어서 습관도 리셋된 건가.

하지만 그뿐만이 아닌 듯했다.

"감사합니다. 제 누명을 벗겨 주셔서."

"아, 아뇨. 평소 저에게 해 주셨던 일을 한 것뿐입니다…."

"그런 야쿠스케 씨에게 비밀리에 상의하고 싶은 게 있어요. 이제 누구의 무엇을 믿어도 될지 전혀 모르겠거든요."

쿄코 씨는 그렇게 말하더니 내 소매를 잡아끌며 이동했다. 또 '비밀리에 상의'다. 하지만 리셋 전과 다른 점은 쿄코 씨가 토비라이 경부는 물론이고 유라 경부와 하라키 순사까지 멤버에서 제외했다는 것이었다. 그럴 만도 하다. 쿄코 씨의 말대로 이 상황에서는 무엇을 믿어도 될지 모르겠으니. 전제마저도 불확실하다. 하물며 쿄코 씨는 낮부터 쌓아 올린 수사진과의 관계성도 망각해서 유라 경부, 하라키 순사와도 '처음 뵙는' 사이가 되었다.

그런 가운데.

쿄코 씨는 나를 믿어도 되겠다고 판단한 모양이다. '처음 뵙겠습니다'인 걸로 치면 유라 경부, 하라키 순사와 차이가 없을 나를.

알리바이 증언을 해서? 그와 동시에 단골손님이란 것을 증명해서?

"아뇨, 아뇨. 믿기로 한 건 야쿠스케 씨가 크게 화를 내 주었기 때문이에요."

쿄코 씨는 말했다.

새삼 듣고 보니 남의 시선도 신경 쓰지 않고 그렇게 격분했던 것이 부끄러울 지경이었지만… 화를 내 주어서라니?

"'9010'은 어차피 잊었으니 무슨 소릴 해도 상관없다고 생각한 것 같지만… 과거를 잊는 것과 과거를 날조당하는 건 전혀 달라요. 그 사실을 그렇게나 격하게 이해해 주신 야쿠스케 씨를 믿지 않으면 대체 누굴 믿겠어요?"

"……."

거꾸로 쿄코 씨가 나를 이해해 준 듯한 기분이 들었다. 그토록 격노했던 게 10분 전 일인데 이렇게나 눈물이 날 것 같다니, 심각한 정서 불안정 같기도 했지만 감상에 젖어 있을 상황이 아니다.

쿄코 씨가 나를 데려간 곳은 미술관 내에 있는 도서실이었다. 미술 및 예술 관련 장서가 갖춰진 방으로, 책장이 늘어서 있어 몸을 숨길 곳도 많아 폭탄을 설치하기에 제격으로 보였지만 물론 그런 점 때문에 폭탄이 없는지 이미 체크를 마친 구획이다. 그런, 말하자면 '안전한 외진 곳'이기에 쿄코 씨는 나를 데려오고 싶었던 모양이다. 도서실 내에 사람이 없는지를 확인하더니 쿄코 씨는,

"감싸 주신 답례는 아니지만 야쿠스케 씨에게 보여 드리고 싶은 게 있어요."

그렇게 말하더니 톡톡, 블라우스의 단추를 아래부터 푼기 시작했다.

"잠깐… 이러지 마세요, 쿄코 씨! 저는 그럴 생각으로 감싼 게!"

나는 당황했지만, 전혀 그런 게 아니었다. 그런 게 아니라 쿄코 씨가 블라우스의 아래쪽 절반만 벌려서 얇은 지방이 감싸고 있는 복부를 노출한 것은 그곳에 적힌 글씨를 내게 보여 주기 위해서였다.

'architect – 9010'.

가짜 폭탄의 문자판에 쓰여 있던 것과 마찬가지로, 그림물감으로… 왼팔의 맨살에 적힌 비망록처럼 쿄코 씨의 필적으로 그렇게 적혀 있었던 것이다.

34

'architect – 9010'.

어느 타이밍에 적은 비망록일까.

생각하고 말 것도 없다. 비밀 유지 의무를 절대 엄수하는 망각 탐정에게 왼팔에 적힌 최소한의 프로필을 제외한 비망록을 맨살에 적는 것은 위기 상황에 실시하는 긴급 조치다. 이를 테면 사건이 아직 해결되지 않았는데 쌓아 올린 추리가 의도치 않게 리셋될 것 같을 때에만 이루어지는 행위다.

다시 말해서 토비라이 경부보에 의해 의식을 잃은 바로 그 순간에 적은 것으로 추측된다. 범인이 유기용제를 어디서든 조달할 수 있었던 것과 마찬가지로 탐정은 필기구를 미술관 내 어디에서든 준비할 수 있었을 것이다.

기억을 잃기 직전에 남긴, 굳이 말하자면 다잉 메시지다. 속고, 억지로 잠들고, 감금되었던 망각 탐정이 아슬아슬한 순간에 허를 찔러 남긴 증거… 마냥 당하기만 한 건 아니라는 증거라고 할 수 있는 메모다.

그동안의 추리가, 탐정 활동이 모두 다 리셋된 것은 아니었다. 아마도 잠에서 깨어 몸 상태를 확인할 때, 아니면 옷을 갈아입을 때 쿄코 씨는 '어제의 자신'이 남긴 그 다잉 메시지를 접수한 것이리라. 그리고 신중하게도 그것을 지금까지 아무에게도 말하지 않고 혼자 떠안고 있었다.

'architect - 9010'?

무슨 뜻이지? 혼자 떠안고 있어 봐야 해결되지 않을 것 같다고 판단하여 유일하게 '믿을 수 있는' 나에게 '비밀리에 상의'하려고 한 것일 테지만….

"네. 그에 관해서 묻고 싶어서요. 제가 기억을 리셋당하기 전에, 이런 메시지와 관련된 이야기를 하지 않았나요?"

"아뇨…."

말하면서 나는 그 글씨를 주시했다.

어쩐지 쿄코 씨의 배를 주시하는 것 같아서 겸연쩍기는 했지만 그런 소리를 하고 있을 상황이 아니다. 초짜가 알 수 있는 범위에서 말하자면, 이건 아마도 동영상을 업로드한 ID, 'curator-9010'을 모방한 거겠지? 큐레이터는 학예사니 '학예사9010'이고… 'architect'는 뭐였더라? 아티스트… 아니아니, 아니지.

아키텍트다.

"네. 아키텍트는 '건축가'란 뜻이죠."

"건축…."

아키텍트라는 단어를 들었을 때는 도통 감이 오지 않았지만, 번역된 단어가 기억을 자극했다. 어디서 들어 본 것 같다. 들어 본 것 같다? 못 미더운 소리 좀 그만해라. 망각 탐정의 외부 기억 장치인 나는 어떻게든 기억해 내야만 한다… 그래, 감금되기 직전에 들었다. 토비라이 경부보가 폭탄 처리를 생업으로 하게 된 계기, 아버지가 일하는 모습을 보고 자란 영향이라고 했었다.

아버지의 일… 건축업.

"그거예요!"

어쩐 일로 숙녀인 쿄코 씨가 도서실에서 큰 소리를 내는 매너 위반을 저질렀다. 뭐, 블라우스를 대담하게 들추고 있어서 지금의 그녀에게 숙녀라는 말은 어울리지 않았지만(어차피 실내에는 열람자는커녕 사서조차 없다)… 그런데 그거라니?

건축업이 뭐 어쨌다는 거지?

"확인하겠어요, 야쿠스케 씨. '9010'에게 강한 영향을 미친 아버님이 건축업계에 속해 있었다는 거죠?"

"아, 네에. 건축 현장에서는 왜, 발파를 하곤 하니까… 라는 소릴 했었죠. 해체 작업에 폭탄을 썼던 아버지의 영향으로 폭탄 해체를 생업으로 하게 되었다느니, 하는 소리를….'"

정확한 인용은 아니었지만 그런 취지의 말을 했다…. 하지만 그게 뭐 어쨌다는 거지? 토비라이 경부보가 어째서 폭탄 처리를 생업으로 하게 되었는가 하는 이야기는 그냥 잡담 아니었나?

"어째서 폭탄 처리를 생업으로 하게 되었는지는, 분명 중요하지 않아요. 하지만 어째서 **이 미술관에** 폭탄을 설치한 것인지는 아주 중요하죠."

그야 새삼 말할 것도 없다. 이 사건에서 가장 중요한 안건이다. 전시품을 노린 것도, 명물 관장을 노린 것도 아니라면… 그리고 탐정을 노린 것도 아니라면 '9010'의 목적은 대체 무엇일까?

"**우리는**, 이 사건의 진상을 처음부터 알고 있었어요."

쿄코 씨가 말했다. 평소의 대사와 좀 달랐다. '우리는'이라고 했다. 그 말은 누가 들어도 자명한 의미를 띠고 있었다.

"그도 그럴 것이, 범인은 처음부터 그렇게 말했으니까요. 타

깃은 마치무라시 현대미술관이라고⋯ 수유자도, 자가도, 방문
객도 아니고, '학예사9010'은 학예사가 아니라 건축가로서."

　건물 그 자체의 파괴를 꾀하고 있었던 거예요.

35

　건물 그 자체를 노리고 있었다.

　사각死角의 연속인 사건이기는 했지만 그중에서도 이건 너무
도 커다란 사각이었다. 분명 미술관을 노리고 있다는 소리를 들
으면 보통은 그곳에 전시된 작품을 노리고 있다고 생각하기 마
련이다. 직접적으로든 간접적으로든, 직유적으로든 은유적으로
든⋯ 파괴 대상은 상자에 든 내용물이라고 생각하게 된다.

　작품 하나가 표적일 경우, 폭파는 지나치다고 생각했었다. 혹
은 쿄코 씨 한 사람을 노린 것치고는 부가적인 피해가 너무 크
다고 생각했었다. 하지만 그 가정은 이러한 의문들에 대한 명확
한 답이 되어 주었다. 지나친 것도, 부가적인 피해도 아니었다.

　미술관이라는 틀, 상자 자체가 파괴 목표였다면.

　⋯지금까지도 '9010'이 세운 범죄 계획은 모두 막힘없이 진행
되었다고 보기 어려웠다. 수많은 계산 착오와 예상을 벗어난 일
들이 있었다. 물론 애초에 모든 일이 잘 풀릴 것이라고는 생각
지 않아서 그러한 일들에 임기응변으로 대응하는 식으로 궤도

수정을 계속했고 성공적이라 해도 과언이 아닐 수준의 결과를 냈다. 하지만 이건 그런 문제들과 다르다.

'학예사9010'은 처음으로 실수를 했다.

흘려서는 안 될 정보를 탐정에게 흘렸다. 그때, 토비라이 경부보는 쿄코 씨에게 의심을 사지 않고 그녀를 수장고로 데려가는 데 집중해야만 했다. 시간을 때우기 위해, 관심을 돌리기 위해 대화를 이어 가야만 했다.

아니면 어차피 잠시 후 명탐정의 의식을 빼앗아 모든 것을 송두리째 잊게 할 테니 상관없다며 방심했을지도 모른다. 어찌 되었든 그런 '지망 동기'를 누설해 버린 것은 '9010'의 실수였고, 우리에게는 겨우 잡은 단서였다.

여러 차례 출발점으로 돌아왔던 추리가 이제야 한 걸음 앞으로 나아간 것이다. 그리고 가장 빠른 탐정은 한 걸음만으로 최대 속도에 도달할 수 있다.

나는 그제야 쿄코 씨의 복부에서 눈을 떼고 손목시계를 보았다. 곧 오후 7시가 되려 하고 있었다. 희미하게 광명이 보이기 시작했지만 남은 시간이 한 시간 미만이 되려 하고 있다. 폭탄 처리에 걸릴 시간과 수사진(과 우리)이 대피하는 데 걸릴 시간을 생각하면 타임오버라 해도 될 시간이다.

하지만 여기서 그만둘 수는 없다.

내 가슴속에 깃든 토비라이 경부보에 대한 분노는 아직도 활

환 타우르고 있다. 읽힌 기억을 남주하다니… 마치 '고인과는 생전에 매우 친근한 관계였습니다'와 같은 말을 뻔뻔하게 내뱉은 토비라이 경부보에게 관용을 베풀지는 못할 듯했다.

"유라 경부님에게 부탁해서 이 건물과 토비라이 경부보의 관계를 조사해 달라고 하죠."

이미 전시 작품, 마치무라 관장과의 관계 같은 것은 조사를 시작했을 테지만 지금은 미술관을 미술관으로 보지 않고 어디까지나 건조물로 보는 시점으로 접근하는 것을 최우선해야 한다.

그런 생각이 들어 제안하고서 도서실을 뒤로하려 했지만, 쿄코 씨는 "잠깐만요, 야쿠스케 씨."라면서 나를 붙잡았다. 뭘까, 아직 유라 경부를 완전히 믿을 수 없다는 걸까? 하지만 이 마당에 와서 경찰의 힘을 전혀 빌리지 않을 수는….

"알아요. 하지만 그 전에 야쿠스케 씨에게 해 두고 싶은 말이 있어요."

혹시 조금 전에 알리바이 증언을 해 준 것에 대한 감사 인사를 다시 한번 하려는 건가 싶었다. 내가 지금까지 쿄코 씨 덕분에 누명을 벗은 횟수를 생각하면 전혀 답례라고 할 수 없을 정도인데.

하지만 그런 게 아니라 쿄코 씨는 목소리를 죽여서 "이렇게 보여 드린, 제 배에 적힌 메모가 힌트가 되었다는 사실은 모쪼록 비밀로 해 주세요."라고 말했다. 늘 영업용 미소를 짓고 있던 쿄코 씨의 뺨이, 놀랍게도 약간 붉어져 있었다.

"저, 평소에는 이보다 훨씬 배가 홀쭉했을 거예요, 잊었지만
요. 이럴 리가 없어요."

"……."

그게 나한테만 배를 내보인 이유라면, 정말이지 정숙한 탐정
이라 하지 않을 수 없을 것 같다.

36

탐정의 기발한 추리를 즐겼으니 이번에는 경찰의 뛰어난 조사
능력에 관해 언급해야겠다. 망각 탐정이 제공한 새로운 가능성
을 축으로 유라 경부가 이끄는 수사진은 불과 5분 만에 토비라
이 경부보와 마치무라시 현대미술관의 관계성을 밝혀냈다. 한
번 물꼬를 트고 나니 그 뒤는 쉬웠던 모양이다. '9010'이 숨기기
위해 그렇게나 공을 들이고 고심할 만도 했다.

나는 막연하게 토비라이 경부보의 아버지가 속한 회사가 이
미술관을 세우지 않았을까 하고 예상했었지만 사실은 그 반대
로, 그녀의 아버지가 소속된 회사는 이 미술관을 세우지 않았다
는 듯했다.

"흔히 말하는 공모에서 떨어진 모양입니다. 사운을 건 당시의
프로젝트에서 설계를 담당한 게 토비라이 경부보의 아버지였다

고 하는데… 건축사이셨군요. 동시에 책임자이기도 했는데 요컨대 프로젝트가 좌절됐을 때 책임을 져야 하는 입장이기도 했다는 거죠. 뭐, 원인이 디자인 비용만은 아니었겠지만 결국 자진 퇴사하게 되었다고 합니다."

지금은 은퇴해서….

"원래는 성실한 회사원이었다는데 직장을 잃고 나서는 집에서 술독에 빠져 살아서, 토비라이 경부보는 10대 시절의 태반을 그런 아버지의 모습을 보며 지냈나 봅니다. 폭력까지 휘두르게 된 결과, 어머니와는 예전에 이혼이 성립되어서 현재는 토비라이 경부보가 아버지를 부양하고 있는 모양입니다. 뭐, 대학생 때부터 사실상 딸이 아버지를 부양하고 있는 거나 다름없는 상태였던 것 같습니다."

유유자적 은거 생활을….

상상했던 것과 딴판인 데다 파더 콤플렉스라고 했던 말의 의미도 알고 보니 완전히 달라졌지만, 적어도 이 일에 한해서 토비라이 경부보는 거의 거짓말을 하지 않은 셈이다. 말실수를 했다는 걸 알아챘는지 금방 화제를 돌렸지만. …그나저나 경찰 내부 감사 스킬이 감탄스럽기는 했지만 한편으로는 이렇게 깊은 가정 사정까지 용케 조사해 냈다는 생각도 들었다.

어떻게 이 짧은 시간 동안 그렇게까지 조사를 한 것인지, 수완보다는 수법 쪽이 더 궁금할 지경이었는데, "내부에 정보 제공

자가 있다는 건 명백한 사실이었으니까요."라고 유라 경부가 설명해 주었다.

"토비라이 경부보의 교우 관계를 조사했습니다. 예상한 대로 경찰서 내부의 조사 진척 상황을 일일이 토비라이 경부보에게 전달하던 친구가 있었습니다. 본인은 몰랐던 모양인 데다, 폭탄 처리를 담당하고 있는 수사관이 묻는데 카쿠시다테 씨를 경찰서로 모셨던 일과 쿄코 씨의 도착, 그리고 출발 소식 등을 알려 주지 않을 이유도 없었겠죠."

나를 대상으로 한 '모셨다'는 순화된 표현이 과연 적절한 것인지는 둘째 치고, 이로써 범인이 '9010'이라는 경찰 내부에서만 통하는 호칭을 알고 있던 이유도 해명되었다. 뭐, 그건 그녀의 입장이라면 언젠가는 알게 되었을 정보겠지만.

자신도 모르게 범죄에 가담하게 된 그 친구가 주로 토비라이 경부보에 관한 정보를 제공해 주었다는 모양이다. 친구의 가정 사정을 미주알고주알 털어놓기는 꺼림칙했을 텐데, 자신도 모르는 새에 공범자가 되었다는 사실에 화가 난 걸까? 그런데 또 그렇지는 않은 모양이었다.

물론 경찰로서 분노하기는 했다지만, 한편으로 친구는 토비라이 경부보에게 동정적인 태도를 보이기도 했다고 한다.

"붙잡아 주세요. 멈추게 해 주세요."

애원하듯 그런 소리를 했다고 한다.

"제 경솔한 행동에 관해서는 어떤 벌이든 받겠어요, 제가 아는 건 전부 말씀드릴 테니… 그러니 아자나가 이 이상 죄를 짓게 하지 말아 주세요. 하고 싶어서 하는 게 아니에요."

이만한 사건을 일으켜 놓고 '하고 싶어서 하는 게 아니다'라는 말이 통할 리도 없고, 이런 상황에서도 저런 소리를 해 주는 친구가 있음에도 불구하고 범죄를 저지른 토비라이 경부보를 용서할 마음도 딱히 들지 않았지만, 그녀의 간청을 듣고 약간은 냉정해졌다는 사실도 부정할 수 없을 듯하다.

'부탁이다. 누구든 나를 막아 줘.'

빨리 나를 막아 줘.

쿄코 씨는 예고 동영상의 마지막 말은 도발이 아니라 진심일지도 모른다고 했다. 그렇다면 그건 SOS라기보다는 탐정에 대한 의뢰였을지도 모른다. 토비라이 경부보가 망각 탐정에게 아무 원한도 없었음에도 그녀를 방패막이로 선택한 이유가 '과거를 날조할 수 있기 때문'이라는 것 외에도 있다면… 그건 역시 쿄코 씨가 **가장 빠른** 탐정이기 때문이 아닐까.

아무튼, 친구의 정보 제공 말고도 새로이 판명된 사실이 있었다. 유라 경부의 노력의 결과물이라고 해야 할 그것은 쿄코 씨도 예상치 못한 것이었다.

처음에 폭파한 입체 주차장. 내가 범인으로 몰려 경찰서로 정중하게 '초대'를 받게 된 계기이자 데몬스트레이션의 무대인 입체 주차장. 그 건축물의 설계도를 그린 것이 누구든 하면, 토비라이 경부보의 아버지라는 듯했다. 아버지가 있던 회사가 수주한 일이었다.

보통 입체 주차장의 도면을 누가 그렸는지를 궁금해 할 사람은 없다. 하지만 그곳에 그렇게 세워진 이상, 그것을 만든 사람이 있다는 사실을 잊어서는 안 되는 것이다. 건축회사에 보존되어 있는 서류의 '설계 담당'란에 자그마하게 적힌 이름은 분명 토비라이 경부보의 아버지의 것이었다.

그 정보는 나를 혼란에 빠뜨렸다.

아버지가 인생의 계단에서 고꾸라진 계기가 된 미술관을 노리는 것은 이해가 되지만, 아버지의 작품까지 노린 것은… 어느 한쪽만 노렸다면 이해가 됐을 것이다. 폭력을 휘두르고 집에서 술에 절어 있는 아버지에게 염증을 느끼고 그의 작품을 엉망으로 만들려 한 것뿐이라면 이해가 될 법도 하다. 하지만 보통은 둘 중 하나만 하지 않을까?

"아자나는 분명 아버지의 작품이 얼마나 훌륭한지를 증명하고 싶었던 걸 거예요."

그게 동기일 거예요.

질문을 받은 친구는 그렇게 말했다고 한다.

"저도 수사 파일을 읽었어요. 폭탄에 피해를 입은 입체 주차장의 상황을 보고 알아챘죠. 분명 주차된 차는 대부분 파괴되었어요, 휘발유에 불이 붙어서 입체 주차장 전체가 불길에 휩싸였죠. 충격적인 예고 동영상이었지만, 그래도 스프링클러가 작동해서 진화됐잖아요? 표면적으로는 숯덩이가 되었지만, 입체 주차장 자체는 허물어지거나 붕괴되지 않았어요. …구멍도 나지 않았죠."

유라 경부도 현장검증을 위해 내부에 들어갔을 때, 차량들만 치우면 내일이라도 영업을 재개할 수 있을 것 같다고 생각했다고 한다. …설계도.

도면을 그린 건축사.

화재에도 지진에도 견딜 수 있는 구조.

그 예고 영상으로 과거의 입체 주차장을 보았을 때, 분명 모두가 '아주 평범한 입체 주차장'이라고 생각했을 것이다. 평범하고 수수하고, 재미없는 건물이라고.

하지만… 그 설계는 예술적이기까지 했다.

비상시뿐 아니라 일 때문에 그 주차장을 일상적으로 사용했던 내 의견을 말하자면, 분명 이용하기 편리한 주차장이었다… 그에 반해 이 미술관은 어떨까?

토비라이 경부보의 아버지의 설계가 탈락한 공모라는 것에서 당선된 디자인으로 지어진 이 건축물은… 결코 편리하다고 할 수 없었다. 복도는 구불구불하고, 무의미한 계단에 오르막과 내리막으로 가득한 데다 사무동도 전혀 효율적이지 않다. 왔던 길로 되돌아가기도 힘들었다. 수장고가 2층에 있는 디자인도 이해하기 어렵다. 물론 미술관으로서는 그렇게 난해한 편이 좋다는 의견이 있었을지도 모르지만, 재난 상황에서는 불안한 구조다.

이번 일만 봐도 그렇지 않은가.

"뭐, '미술관으로서는'이라는 의견도 분명 있었을지 모르지만… 부정이 있었을 가능성도 그에 못지않게 있었을지 모르겠네요."

이건 쿄코 씨의 지레짐작이었지만, 그럴 법한 이야기다. 부정이라고 할 만한 수준은 아닐지 몰라도 건설 대상이 미술관이라면 문화 사업으로 분류되어 그럭저럭 많은 액수의 조성금이 움직였을 테고, 연줄이나 뇌물, 유착관계 같은 수상쩍은 이야기가 오갔을 가능성은 있다.

물론 유라 경부는 토비라이 경부보의 아버지 본인에게도 연락을 취하고자 일단 전화를 걸기는 했다는데, 술에 취해 있어서 대화가 되지 않았다는 모양이다. 혀가 잔뜩 꼬인 목소리로 하염없이 이 말을 반복했다고 한다. '나는 이미 죽었어. 죽었다고. 죽었어.'

"동영상의 제목이 〈데몬스트레이션〉이라 무의식중에 입체 주차장의 폭파와 미술관의 폭파를 '예고편 / 본편'이라고 생각하고 말았지만, 실제로는 '전편 / 후편'이었던 거군요."

어째서인지 쿄코 씨는 영화풍으로 표현했다.

"비교 실험, 양쪽 모두 '같은 스케일의 폭탄'으로 폭발시켜서 결과적으로 어느 쪽이 뛰어난 건축물인지를 비교 조사한다… 세상에 알린다. 그게 토비라이 경부보의 동기일까요. 건축사의 딸로서의 동기."

예술가에 대한 증오가 되었든, 마츠무라 관장에 대한 복수가 되었든, 전시물을 훔치는 것이 되었든, 혹은 망각 탐정에 대한 복수가 되었든, 그것만을 위해 미술관을 날려 버리는 것이 지나치게 느껴졌듯, 예고편을 위해 입체 주차장을 불태운 것 역시 과장스럽고 지나친 일처럼 느껴졌지만, 만약 정말 입체 주차장과 미술관을 폭파하는 것 자체가 목적이라면 과장스럽지도 지나치지도 않은, 이치에 맞는 행동이다.

"시나리오대로… '9010'의 설계도대로 사건이 종결된다면 '같은 스케일'의 폭탄을 사용했음에도 멀쩡하게 남아 있는 입체 주차장과 잔해가 되어 버린 미술관이 같은 신문의 지면을 장식하게 될까요. 어느 쪽이 뛰어난 건축물인지, 일목요연하게 알 수 있는 두 장의 사진이…."

한눈도 팔지 않고 오로지 목적을 달성하고자 내달리고 있다. 그리고 동기의 측면에 남아 있던 마지막 의문은 하라키 순사가 해명해 주었다. 알고 보니 마치무라 관장의 동생 같은 게 아니라, 여동생이 셋이나 있다는 하라키 순사가 해결해 주었다. **어째서 지금인가**?

목적이 아버지의 명예를 회복하는 것(이라고 해도 좋을지 모르겠지만)이라고 치면, 어째서 토비라이 경부보는 이 타이밍에 사건을 일으킨 것일까.

벌써 20년이 다 되어 가는 일 아닌가, 라고 할 수는 없다. … 실제로 지금도 토비라이 경부보는 술에 절은 아버지와 동거하고 있고, 나날이 그의 푸념 섞인 술주정을 들으며 살고 있을 테니 말이다. 하지만 계속 참아 왔던 것이 어째서 지금, 이 타이밍에 폭발한 것일까. 계기가 될 만한 일이라도 있었던 걸까?

"암이라더군요. 살날이 얼마 남지 않았다는 모양입니다."

하라키 순사는 심각한 얼굴로 말했다.

암? 살날이 얼마 남지 않았다고?

그래서 미련이 남지 않도록 죽기 전에 울분을 풀려고 했다? 동정은 되지만 그래도 그렇지, 그런 이기적인 이유로….

"아뇨, 암에 걸린 건 토비라이 경부보가 아닙니다."

"……? 그러면, 아버지가?"

20년 이상 술에 절어 살았으니 속이 멀쩡할 리가 없다고 나는 생각했지만, 하라키 순사는 이 예상에도 고개를 가로저었다.

"암에 걸린 건 안내견인 익스텐션입니다. 아까 펫숍의 점장님에게 연락이 왔습니다. 점장님은 수의사 자격도 있는데 익스텐션의 상태가 이상하다 싶어서 진찰해 보니 양쪽 눈에 종양이 있었다더군요."

그것도 여기저기로 전이된 상태라.

당연한 이야기지만 눈은 거의 보이지 않을 것이라고 한다.

37

두 마리의 개를 보고 겁을 먹은 듯했던 하라키 순사에게라면 도주할 때 그 둘을 맡겨도 아무것도 알아채지 못할 거라고 생각했는지도 모른다. 하지만 확실히 하라키 순사는 동물을 무서워하기는 해도 동물 애호 정신이 부족한 것은 아니었다.

수사도 해야 하니 자신은 제대로 돌봐 줄 수 없겠다고 판단한 하라키 순사는 단순히 미술관 인근에 있는 가게를 고른 것이 아니라 인터넷에 검색해서 수의사 자격을 가진 점장이 경영하고 있는, 미용 등의 관리뿐 아니라 경우에 따라서는 이벤트 홀에서 애완동물의 관혼상제 의식도 치르는 매우 평가가 좋은, 관리가 잘 되는 펫숍을 찾아내서 두 마리를 그곳에 맡기는, 용의주도하다는 표현이 부족하지 않을 정도의 조치를 취했다고 한다. 그 결과, 안내견 익스텐션이 병을 앓고 있다는 사실이 밝혀졌다.

보통 역할을 마친 안내견은 다른 곳에 입양되어 그곳에서 평온하게 여생을 보낸다. 하지만 토비라이 경부보는 안내견으로서 거의 일을 할 수 없게 된 익스텐션을 떠나 보내지 않았다.

떨어지고 싶지 않아서.

그녀 본인이 입양했다.

안내견을 따라가는 척, 실제로는 함께 산책을 하고 있었던 것이다. 계기가 된 것은 펫 로스 증후군인가.

이럴 수가. 마치무라 관장이 취했던 고지식한 대처가 결국 정곡을 찌른 것이었다니. 애완동물 출입금지 말이다. 그럼에도 반려동물이라는 의미에서 익스텐션은 안내견이 맞았지만.

결코 행복하다고는 할 수 없었던 아버지와의 동거 생활 속에서 숨구멍 노릇을 해 준 것이 익스텐션이었다면, 그런 안내견이 하필 안암眼癌으로 목숨을 잃을 처지라는 비극적인 상황에 처했으니 자포자기에 빠질 만도 하다.

차라리 자신이 암에 걸리는 편이 낫겠다고까지 생각했을지도 모른다. 매니큐어는 어디까지나 경찰견이다. 위험을 무릅쓰는 것도 임무의 일부다. 하지만 안내견은 다르다. 익스텐션은 토비라이 경부보의 일부였다.

두 번이나 시력을 잃게 된 셈이다.

그 상실감에 계속 억압해 왔던 감정이, 20년에 걸쳐 억눌러 왔던 감정이 폭발했다. …아니, 아니다.

아마도 훨씬 조용히 이루어졌을 거다.

가느다란 실이 뚝 끊어졌다는 비유가 어울리리라. 결국 토비라이 경부보는 한참 전에 한계를 맞이한 상태로 계기를 기다리고 있었을 뿐이다. 그렇게 생각하면 이유나 동기는 아무래도 좋앉을 거다.

이제 틀렸어, 라고 생각한 게 아니라.

그만 됐어, 라고 생각한 거다.

"시력을 잃고서도 위험한 폭탄 처리반 일을 계속했던 건, 어쩌면 죽고 싶은 마음 때문이었을지도 모르겠네요."

하라키 순사의 그 심층심리 분석은 다소 지나친 감이 있었지만, 만약 그렇다면 그 결과 에이스 자리에 오른 것은 지독하게 얄궂은 일이리라.

다만, 그러한 사실과 가설을 종합적으로 감안하자 더더욱 사태가 급박해졌다는 생각만 들었다. 익스텐션이 앞을 거의 볼 수 없게 되었는데 토비라이 경부보가 저렇게 걸어 다녔다는 것은, 남은 시간을 함께 보내고 싶은 마음에 토비라이 경부보가 익스텐션의 안내견 노릇을 했다는 뜻이기도 하다.

뭐, 엄밀히 말하면 사실상 토비라이 경부보와 익스텐션은 서로가 서로의 시력을 보충하고 있었던 셈이지만, 그렇다 해도 토비라이 경부보는 지금껏 예상했던 것보다 훨씬 익스텐션이 없는 상태로 멀리 떠나는 일에 익숙할 테니 모습을 감춘 그녀를 추적하기는 한층 더 어려워질 것이다.

하물며 하고 싶은 일은 다 했다는 듯이 어딘가 먼 곳에서 조용히 목숨을 끊었을지도 모른다.

제한시간까지 한 시간도 안 남았다. 이제 '9010'은 정체를 감출 생각도 없을 거다.

살 생각도 없을 거다.

38

"토비라이 경부보는 영원히 정체를 숨길 생각까진 없었던 것 같아요. 게다가 진짜 동기도 예고한 오후 8시까지만 숨길 수 있으면 상관없었겠죠. 저와 야쿠스케 씨를 그대로 폭사시킬 생각도 없었고요."

사건의 배경이 더없이 명확해졌는데도 미술관 전체를 뒤덮은 우울한 공기는 걷히지 않았다. 감정적인 문제도 있지만 '학예사 9010'의 사상적 배경이 이토록 자세히 밝혀졌음에도 폭발물 수색 범위를 압축할 수가 없었기 때문이다.

오히려 미술관 전체가 타깃이라는 점을 감안하면, 폭발물을 분산시켜 곳곳에 여러 개 배치해 뒀을 가능성도 있다. 이렇게 급박한 상황에 그것은 치명적인 가능성이었다.

결국 앞으로 30분 후에 철수하기로 하고 7시 45분까지 마지막 수색에 나섰다. 당연히 나와 쿄코 씨도 협력했다. 딱히 담당 구획을 정하지 않고 자유롭게 돌아다니면서.

저인망식 수사. 닥치는 대로 찾아보기, 라고도 할 수 있으리라.

"폭사시킬 생각은 없었다? 아니, 과연 그랬을까…."

"하지만 야쿠스케 씨의 손… 발이라고 해야 할까요? 어쨌든
닿을 수 있는 곳에 스마트폰을 두고 갔던 것도 그렇고, 마취약
의 양이 부족했던 것도 그렇고, 진심으로 죽일 생각이었던 것치
고는 엉성하다는 생각이 들지 않나요?"

들고 보니 그런 것 같기도. 쿄코 씨도 결국 오후 8시가 되기
전에 잠에서 깼고… 오후 8시까지 '망각 탐정에 대한 복수'라는
거짓 동기로 수사진을 혼란시킬 수 있으면 그걸로 충분하다 생
각했을 거라고 해석할 여지는 분명히 있다.

"뭐, 솔직히 말해서 계획이 탄로 나도 상관없었던 게 아닐까
싶을 정도로 엉성하네요. 제가 배에 비망록을 적은 것도 어쩌면
알고 있었을지 몰라요."

그럼 '9010'의 설계도대로 진행됐으면, 마취에서 깨어난 쿄코
씨가 혼자서 아무것도 못 하고 있는 나에게 지시해서 스마트폰
으로 도움을 요청한다는 전개가 되었을까…?

"야쿠스케 씨가 노력해 준 덕분에 번 시간이 없었다면 지금쯤
더듬더듬 제 과거를 조사하는 데 애를 먹고 있었을 테고, 그러
는 동안 퍼벙~이었겠죠."

그렇게 경쾌한 효과음으로 때울 만한 일이 아니다.

하지만 그렇게 번 얼마 안 되는 시간도 지금은 풍전등화다. 전
시구획에도 없고, 사무동에도 없고, 수장고에도 없고, 카페에도
도서실에도 없다. 폭탄 같은 건 없는 게 아닐까 하는 생각마저

들기 시작했다.

"그 희망적인 관측은 버리는 게 좋을 거예요…. 어쩌면 토비라이 경부보는 최종적으로 진짜 동기가 세간에 알려지는 걸 기대하고 있는 게 아닐까요. 그렇게 되지 않으면 입체 주차장과 미술관, 양쪽의 피해를 비교하려는 사회적 움직임으로 이어지지 않을지도 모르니까요."

"그럼 예고 동영상을 제작한 주된 이유는 결국 처음에 말했던 것처럼 시간차를 둠으로써 대피를 완료시키고 인적 피해를 내지 않기 위해서라고 보면 될까요?"

"그와 동시에 화제가 될 만한 극장형 범죄로 만들어서 세간의 주목을 모으기 위해서이겠죠. 뭐, 그건 그렇게까지 성공하지 못한 것 같지만요…. 조금 전에 보여 주셨던 예고 동영상의 재생 수가 9위까지 떨어져 있는 걸로 봐서는."

재생수까지는 설계도대로 되지 않은 건가. 다만 미술관이 폭발하는 모습을 다시 모여들기 시작하고 있을 구경꾼들 중 누구든가 업로드하면 분명 반나절 정도는 순위가 유지될 것이다.

사회의 이목을 모은다는 목적은 충분히 달성할 수 있다.

그렇다면 토비라이 경부보가 지금쯤 자살했을지도 모른다는 것은 다소 지나치게 감상적인 예상이다. 의외로 목적을 달성한 후에 출두해서 재판을 통해 자신의 불우한 처지, 혹은 정당성을 거침없이 호소할지도….

"큐쿄 씨!"

오후 7시 반에 접어들어 폭발까지는 30분, 철수 개시 시각까지는 15분이 남은 그때, 유라 경부가 이쪽으로 달려왔다. 가장 빠른 형사가 되려는 것은 아닐 테지만 바쁘게 뛰어다니다 왔는지 땀으로 범벅이 되어 있었다.

"어머머, 무슨 일이신가요, 유라 경부님? 혹시, 어디선가 폭탄이 나왔나요?"

그에 반해 쿄코 씨는 한없이 여유롭고도 평온한 얼굴이었는데, 그런 쿄코 씨도 유라 경부가 전력질주를 해서 가져온 뜻밖의 정보를 듣고는 표정이 굳어졌다.

"겨, 경찰서로 전화가 왔습니다. …토비라이 경부보입니다!"

39

경찰서에 있는 친구에게 이쪽에서 마지막으로 연락을 취할 생각이 든 것은 '학예사9010'의 이동경로에 우연히도 공중전화가 있었기 때문이다. 아직 이런 문화가 남아 있나 싶어서 놀랐지만, 저 **윤곽**은 분명 공중전화의 그것이다. 이런 상황을 위한 공중전화구나, 싶었다.

이 이상 휘말려 들게 해서는 안 된다, 게다가 아직 계획이 완성되지 않았다는 사실을 감안하면 쓸데없는 짓은 삼가야겠지만

(그 때문에 휴대전화와 무전기는 이곳으로 오는 동안 처분했다)
민폐를 끼친 친구와 마지막으로 대화하는 게 쓸데없는 짓이라는
생각은 전혀 들지 않았다.

익스텐션이 없는 상태로 한 시간 남짓을 이동했을 뿐인데, 그
것만으로 멘탈이 약해진 건지도 모르겠다. 역시 익스텐션 없이
는 못 살 것 같다. 또한 갑작스러운 변경으로 생겨난 계획상의
문제를 해결해 둬야 하지 않을까 하는, 매우 실무적인 이유도
있었다.

수장고에 감금했던 망각 탐정과 카쿠시다테 야쿠스케가 아직
구조되지 않았다면 손을 써야만 한다. 그것은 곧 '9010'의 정체
가 아직 밝혀지지 않았다는 것을 뜻하기도 하며, 토비라이 경부
보는 그저 복귀가 늦어지고 있을 뿐이라고 여기고 있다는 뜻이
기도 할 테고, 그래서는 곤란하기 때문이다.

지금까지 동기를 숨기는 데 집착하고 있었지만 오후 8시면 정
보가 풀릴 것이다. 하지만 이는 괜한 걱정이었다.

괜한 걱정이라기보다는 구실이 필요했던 건지도 모르겠다.

그 정도의 위기를 망각 탐정이 탈출하지 못할 리가 없으니까
(이쪽의 예상보다 훨씬 빨리 탈출했다는 모양이다). 게다가 전
화를 건 친구의 말에 따르면, 토비라이 경부보의 배경은 이미
완전히 밝혀진 듯했다.

역시 명탐정이다.

역시 그때 폭탄 처리반이 되기로 한 동기를 말한 게 실수였나, 아니면 마취를 할 때 그녀가 복부를 더듬는 것처럼 느껴졌는데, 그 동작과 뭔가 상관이 있나? 하지만 '망각 탐정에 대한 복수'라는 그럴싸한 동기가 몇 시간 정도는 저들의 시선을 돌려 줄 거라 생각했는데…. 그 사건 당일의 알리바이라도 있었던 걸까. 하지만 망각 탐정의 알리바이는 입증할 수 없을 텐데… 도무지 모르겠다. 대체 무슨 일이 있었던 걸까? 그녀는 어떻게 불명예스러운 누명을 벗은 걸까?

어찌 되었든 재빨리 미술관을 벗어난 건 정답이었던 모양이다. 명확한 근거를 가지고 움직인 것은 아니었지만, 폭탄 처리반으로 10년 가까이 일하며 키워 온 '형사의 감'은 탐정의 추리를 아슬아슬하게 피하게 해 주었다.

어쨌든 경찰서에 있는 친구는 수사 주임인 유라 경부의 질문에 따라 토비라이 경부보의 가정 사정을 자세히 설명한 것에 대해 솔직하게 사과했다. 사과를 해야 할 사람은 오히려 이쪽인데도. 그렇지만 자수를 권하는 말이나 폭탄의 위치를 묻는 말에는 전혀 마음이 움직이지 않았다. 의외였다. 결의가 무뎌지는 걸 피하려고 전화를 걸지 말지 망설였는데, 그거야말로 괜한 걱정이었던 것이다.

내 마음은 기능부전 상태에 빠진 지 오래인 모양이다.

만약 지금, 이렇게 자신을 설득하려는 상대가 아버지였다면 어땠을까? 내 마음은 조금이라도 움직였을까? 어찌 되었든 불가능한 망상이다. 그 사람은 지금쯤 술에 취해 통화가 가능한 상태가 아닐 테니. 결국 '학예사9010'을 막아 줄 사람은 없었다.

[지금 당장 폭탄의 위치를 알려 주세요, 토비라이 경부보님.]

그때.

공중전화라도 위치 추적은 가능하니 슬슬 전화를 끊어야겠다고 판단한 참에, 느닷없이 수화기에서 들려오던 목소리의 질이 친구의 것에서 다른 사람의 것으로 바뀌었다.

[알려 주지 않으면, 당신의 개를 죽이겠어요.]

사람의 목소리를 구분하는 게 특기인 토비라이 경부보가 잘못 들을 리가 없는 그 목소리가, 한순간 누구의 것인지 구분할 수 없을 만큼 냉정한 투로 말했다.

40

당신의 개를 죽이겠어요.

도무지 쿄코 씨답지 않은 말에 나는 물론이고 카페에 있던 모든 수사원들이 얼어붙었다. 하지만 얼어붙은 이유는 비정한 대사 그 자체 때문이 아니라 의도치 않게 용납되지 않을 만큼 더러운 말을 하고야 말았다는 듯한 망각 탐정의, 나조차도 지금껏 본 적이 없을 정도로 창백한, 당장에라도 벌벌 떨며 울음을 터뜨릴 듯한 비통한 표정을 똑똑히 보았기 때문이다.

언제나처럼 방긋방긋 환한 미소를 띤 채, 혹은 냉철한 탐정으로서의 엄격하기 그지없는 표정으로 말했다면 차라리 나았을 것이다. 하지만 이 기억만은 한 번 잠이 들었다 깬 정도로는 리셋이 안 되지 않을까, 라는 생각이 절로 들었다.

그렇지만 쿄코 씨가 말할 수밖에 없었다.

친구의 설득에도 응하지 않는 토비라이 경부보에게서 폭탄의 위치를 알아내려면 이 방법밖에 없었다. 하지만 경찰이 이런 협박을 하는 건 부적절하다. 하물며 조금 전까지 동료로서 일을 했던, 과장이 아니라 함께 사지를 누볐던 동료를 달래는 것도 아니라 협박하는 것은 속이 훤히 들여다보여서 설득력이 없다. 대신할 수 있다면 내가 대신해 주고 싶지만, 나에게도 무리다. 나를 속였던 일과 구속했던 일에는 여전히 화가 나 있지만, 그녀의 인격 그 자체에는 호감이 갔기 때문이다. 그러니 이건 그녀, 그리고 그녀와의 관계성을 모두 잊은 쿄코 씨만이, '만난 적도 없는' 망각 탐정만이 할 수 있는 교섭이었다.

아무래도 공중전화에서 서에 있는 친구의 스마트폰으로 건 듯한 전화를 스피커폰으로 전환하고 다른 스마트폰을 영상 통화 모드로 하라키 순사의 태블릿 PC와 연결한다는, 디지털과 아날로그를 합친 것 같은 통신수단으로 토비라이 경부보와 친구의 대화에 억지로 끼어들어 교섭을 시작한 것이다.

누가 어떻게 보아도 이게 마지막 기회였다. 나와 수사진 일동은 당장에라도 쓰러질 듯한 쿄코 씨를 지탱해 주지도 못한 채 마른침을 삼키며 지켜보아야만 했다.

그 결과.

[풉… 아하하. 하마터면 걸릴 뻔했네요.]

토비라이 경부보는 그렇게 조소하며 답했다.

[마음이 움직였다고요. 평소와 같은 말투였다면 협박에 굴했겠죠. 순간적으로 누구든 했네요. 그렇게 목소리를 꾸미면 무섭게 협박해 봐야 허세라는 게 티 나요, 쿄코 씨.]

"…저는, 한다면 하는 사람이에요."

쿄코 씨는 물고 늘어졌지만 토비라이 경부보는 "어디 마음껏 해 보세요. 할 수 있다면요."라면서 진지하게 받아들이지 않았다.

교섭 실패. 협박이란 걸 간파당했다.

[하지만 정말로 감탄했어요, 쿄코 씨. 이미 아시겠지만, 당신을 끌어들인 건 몇 시간 정도의 시간을 벌 가짜 동기가 필요했기 때문이거든요…. 하지만 저는 사람을 원망한 적이 한 번도 없어요.]

"……."

[제가 실명한 계기가 된 폭탄을 만든 범인도 전혀 원망 안 해요. 모르겠거든요, 사람을 원망한다는 감각을. 그래서 적당히 지어낼 수밖에 없었죠. 기억에 없어도 원망을 받아 줄, 잘 잊는

사람을 찾기…. 그 기준만으로 사람을 고른 거였는데… 아무튼 당신과의 협동 수사는 즐거웠어요.]

승리를 확신해서인지 말이 많아진 토비라이 경부보에게 쿄코 씨는 힘없는 목소리로,

"…잊었어요, 이미."

…라고만 답했다.

[그랬죠. 제가 그 기억을 리셋했으니까요. 처음 뵙겠어요, 쿄코 씨.]

상징적인 대사까지 빼앗겼다.

[지어낸 악연이었지만, 이제 와서 생각해 보니 그 거짓말이 사실이었다면 어땠을까 싶네요. 이건 거짓말이 아니에요… 이런 모양새가 아니라, 당신과 함께 사건을 수사하고 싶었어요.]

이건 거짓말이 아니라고 한들 거짓말을 잔뜩 해 놓았기 때문에 뭐가 본심인지 모르겠다. 본인도 이제는 구분이 안 되지 않을까.

"할 수 있어요."

쿄코 씨는 침묵하지 않았다.

무참하게 얻어맞은 것이나 다름없는 상황에서도, 어떻게 보면 패자를 짓밟는 것으로 해석할 수도 있는 말을 듣고도 계속해서 말했다.

"당신이 지금 당장 출두해 주시면. 다른 사람들이 당신을 용서

하지 않더라도 저는 당신의 죄를 잊어요. 다음에 '처음 뵙겠습니다'라고 할 때는 함께 수수께끼와 맞서는, 유쾌한 좌충우돌 콤비를 짤 수 있을걸요. 버디 탐정물을 찍어 보자고요."

[…….]

"그러니 이렇게 부탁드릴게요. 아직 늦지 않았어요. 폭탄을 설치한 장소를 알려 주세요."

범인에게 애원하는 명탐정이 세상 어디에 있을까.

그런 건 없다고 할 사람도 있을 거다.

하지만 이날의 쿄코 씨는 내가 아는 어떤 명탐정보다도 명탐정다웠다. 어느 날의 쿄코 씨보다도 쿄코 씨다웠다.

[…당신한테는 못 당하겠네요, 쿄코 씨.]

그때.

얼마간 침묵한 후, 토비라이 경부보가 그 애원에 응했다.

[사실 미술관에 폭탄 같은 건 없어요. 전부 저의 유머 센스가 듬뿍 담긴 재미있는 농담이었어요. 안심하셨나요? 그럼 한시라도 빨리 대피해 주세요. 이미 늦었으니까요. 오후 7시, 45분을 알려 드립니다. 뚜, 뚜, 뚜, 뚜우….]

철커덕.

41

공중전화가 위치는 특정되었고 그다지 멀지는 않았지만, 제때 갈 수 있을 만큼 가깝지는 않은 장소였다. 이곳에서 세 정거장 정도 떨어진 지하철역의 공중전화로, 가장 빠른 쾌속 열차를 타도 15분 이상 걸릴 거리다. 게다가 당연히 전화를 끊자마자 토비라이 경부보는 그 자리를 떴을 거다.

유라 경부와 하라키 순사를 비롯한 수사반, 그리고 옛 동료에게 배신당한 폭탄 처리반의 면면들도 결국 철수 준비를 시작했다. 철수라기보다는 패주敗走라 해야겠지만.

쿄코 씨를 제외하고.

쿄코 씨만은 카페 의자에 축 처져 있었다. 전화를 끊은 자세에서 미동도 하지 않았다. 고개를 푹 숙인 채 중얼중얼 혼잣말을 하고 있어서 도저히 아름다운 패자의 모습이라고는 할 수 없었다.

이제는 리셋도 소용이 없다.

남은 시간 15분으로는 잠깐 잠들었다가 일어난들 미술관은 뇌리에 새겨진 패배의 기억과 함께 사라져 있을 것이다. 설령 1분 만에 일어난다 해도 사건 개요를 설명하는 것만으로 남은 시간을 모두 소모하고 말 것이다.

사실상 시간이 다 된 것이다.

뭐라 건넬 말이 없었지만, 그럼에도 누구든는 말을 해야만 한다. …나겠지.

"쿄코 씨. 심정은 이해하지만 그만 가죠. 슬슬 나가야 해요. 여기서 출구까지의 길도 구불구불해서 곧장 나갈 수가 없으니까요."

그런 독특한 구조가 토비라이 경부보의 심기를 불편하게 한 것도 사실이다. 사회적 약자에 대한 배려가 되어 있지 않다는 사실이 과거에 아버지가 했던 소박한 설계를 떠올리게 했으리라. 그리고 보니 입체 주차장 폭파 당시의 범행이 깔끔했던 것은 아버지가 설계했던 건물이라 충분히 예습이 되어 있었기 때문일까. 방범 카메라의 위치도, 주차구획도, 천장에서 보이는 각도도, 완벽하게 머릿속에 들어 있었다.

최소한의 화력으로 최대한의 효과를… 망할.

그건 건설 현장의 기본이 아닌가.

"미술관은, 그리고 전시작품과 수장작품은 이제 지킬 수 없지만, 지금 당장 우리가 모두 대피하면 최소한 사상자는 나오지 않을 테니… 토비라이 경부보의 죄를 조금이나마 가볍게 해 주죠."

쿄코 씨가 했던 협박에 뒤지지 않을 만큼 비겁한 논법이었지만, 이렇게라도 말하지 않으면 움직여 줄 것 같지 않았다. 쿄코 씨가 듣고 있는 건지 아닌지 알 수 없었지만, 아무래도 간신히 효과는 있었는지 느릿느릿, 가장 빠른 탐정이라는 게 믿기지 않는 동작으로 일어섰다.

불안정한 발걸음으로 휘청거리기에 나는 옆으로 다가가 섰다. 만약 쓰러질 것 같으면 바로 부축할 수 있도록. 그 거리까지 다 가가자 끊임없이 중얼거리고 있는 혼잣말이 희미하게 들려왔다. 쿄코 씨는 이런 소릴 하고 있었다.

"만약, 미술관에 폭탄이 없다는 말이 사실이라면… 하지만 대 피는 하는 게 좋을 거라니… 아귀가 안 맞아…."

"……."

이렇게 안타까울 수가. 토비라이 경부보가, 쿄코 씨가 내보인 성의를 진심으로 무시하며 던진 결별의 말을 추리의 재료로 삼 고자 계속 분석하는 모습은, 마치 죽은 자식의 나이를 헤아리 는 어머니 같았다. 이렇게 된 거, 쿄코 씨를 안고 뛰는 게 더 빠 르지 않을까 싶기도 했지만, 지푸라기라도 잡는 듯한 그 추리를 방해해 가면서까지 재촉할 마음은 들지 않았다.

그래서 나는 열심히 맞장구를 쳤다.

"그, 그러게요. 어쩌면 토비라이 경부보는 정말로 폭탄을 설 치하지 않았을지도 모르겠네요. 그렇다면 이만큼 찾았는데도 나 오지 않는 게 당연할 테니… 분명 찾는 척을 하며 아슬아슬한 타이밍에 설치할 생각이었던 게 아닐까요? 쿄코 씨의 추리가 너 무 빨라서 설치할 새도 없이 도망친 것뿐이고…."

아니, 틀렸다. 이 가설로는 모순이 해소되지 않는다. 애초에 동료들의 눈을 피해 폭탄을 설치하는 건 불가능하다. 그런 수상쩍은 물건을 가지고 있으면 단번에 들킬 거다.

"맞다. 사람들이 다 대피한 후에 택배로 폭발물이 도착하는 건 아닐까요? 요즘엔 꽤 정확하게 시간을 지정할 수 있으니까요…."

할 말이 궁해진 나는 나의 현재(해고가 확정된) 직업을 떠올리며 그런 소리를 했다. 택배로 도착하는 폭탄. 미술관에 있던 모든 사람들이 대피하고 나면 받을 사람이 없을 테니 택배함에 넣어 둔다거나… 꽤 코미컬하고 재미있네. 적당히 엉뚱하기도 하고, 무엇보다 아티스틱하다.

뭐, 밴을 폭파당한 운전자로서 말하자면 아무리 그래도 1초의 오차도 없이 오후 8시 정각에 배달하는 건 무리일 것 같지만….

"…방금, 뭐라고 말씀하셨죠?"

그때.

쿄코 씨가 갑자기 혼잣말을 중단하고… 푹 숙이고 있던 고개를 들어 안경 너머에서 눈을 번쩍번쩍 빛내며 나를 쳐다보았다.

방금, 뭐라고 말씀하셨죠?

그러고 보니 그 명대사는 아직 안 나왔었다. 명탐정의 상투 어구.

어? 근데 내가, 방금 뭐라고 했지?

"태, 택배로 폭발물이 도착하는 건 아닐까요… 라고 했지만… 아니, 하지만 그건 무리일 겁니다. 요즘 위험물 체크는 어느 회사에서든 하고 있으니까 ．”

“그거예요!”

내 이의 제의를 무시하고 쿄코 씨는 대피하기 시작한 수사진 일동에게, 모두에게 들리도록 큰 소리로.

“저기요! 지도 좀 가져다주세요!”

…라고 외쳤다.

지도? 지도를 뭐에 쓰려고? 설마 차량용 내비게이션처럼 택배 회사에서 이 미술관까지의 최단 거리를 검색이라도 하려는 건가? 그런 걸 할 상황인가?

10분밖에 안 남았는데!

하지만 갑자기 활기를 되찾은 쿄코 씨는 멍하니 있는 일동의 반응이 완결되기를 기다리고 있을 수가 없었는지, 카페 옆에서 경영되고 있는, 지금은 당연히 아무도 없는 기념품 코너로 달려갔다. 미술관의 기념품 코너에서 지도 같은 걸 팔까? 아니, 선물이 아니라 이 미술관의 카탈로그를 집어 들었다. 그 뒷면에는 미술관 인근의 약도가 그려져 있었다.

저렇게 필요한 걸 현장에서 척척 찾아내는 게 용할 지경이다. 하지만 카탈로그는 쿄코 씨가 원하는 요건을 충족시키지 못했는지 불만스러운 얼굴이었다.

“이런 지도 말고… 뭐라고 해야 할지, 노선도 같은 건 없나요?!”

“노… 노선도? 노선도라면… 열차 같은 것의 노선도 말입니까?"

"그래요! 아아, 하지만 아무리 그래도, 그런 게 있을 리가 없겠죠? 그럼 그 대신….."

"노선도라면 있는데요? 인터넷으로….."

따라온 하라키 순사가 자신의 태블릿 PC를 내밀었다.

"Can I kiss your magical board!(당신의 마법 판자에 키스하게 해 주세요!)"

쿄코 씨가 어째서인지 영어로 환희에 찬 말을 외치더니 하라키 순사에게서 태블릿 PC를 낚아챘다. 물론 입술로 조작할 만큼 이성을 잃지는 않았다.

화면에는 이미 하라키 순사가 실행시킨 지도 앱과 열차 시각 앱의 노선도가 분할된 화면에 띄워져 있고, 축척도 맞춰져 있었다. 그걸 보고도 나는 아직도 쿄코 씨의 의도를 알 수 없었다.

내가 대체, 무슨 소릴 했었지?

분명 토비라이 경부보는 역에 있는 공중전화로 전화를 걸어왔다고 했는데… 설마 지금부터 다 같이 열차를 타고 그 역으로 그녀를 잡으러 가자는 느긋한 소리를 하려는 건 아니겠지?

그건 소 잃고 외양간 고치는 격이라는 말로도 부족한 조치다.

그야말로 범인이 기소되고서 수갑을 주문하는 거나 마찬가지가 아닌가.

"반대예요. 토비라이 경부보가 올 거예요, 열차를 타고."

"쿄코 씨··· 무슨 소리이신가 했더니··· 제발 부탁이니 그만 좀 하세요. 토비라이 경부보가 출두 같은 걸 해 줄 리가···."

딱 부러지게 말을 해 줘야 정신을 차리겠구나 싶어 나는 마음을 독하게 먹고 입을 열었지만, 나야말로 딱 부러지는 설명을 듣기 전까지 모르고 있었다. 아니, 딱히 설명을 들을 필요조차 없었다.

나란히 놓인 두 개의 도면에.

노골적이리만큼 명확하게 나타나 있었기 때문이다.

"아···."

토비라이 경부보가 서에 있는 친구에게 연락해 온 그 역과··· 미술관에서 가장 가까운 역까지를 잇는 노선.

지하철 노선이.

마치무라시 현대미술관의 바로 밑을 지나고 있었다.

42

일본에 살면서 지진의 무서움을 모르는 사람은 없다. 그리고 일본에 살면서 시곗바늘처럼 정확한 교통기관을 자랑스러워하지 않는 사람도 없다. 조사해 보니('Thank you, magical board!') 오후 8시 정각에 마치무라시 현대미술관의 아래를 통과하는 열차가 토비라이 경부보가 전화를 건 역에서 7시 53분,

바로 지금 이 순간에 출발하고 있었다.

7시 53분에 출발하는 쾌속 열차.

논스톱으로 가까운 역에 10분 후인 오후 8시 3분에 도착할 예정이다.

하지만 도착할 일은 없다. 그 직전에 **열차 안**에 반입된 폭탄이 폭발할 테니. …지하 터널 안에서!

"그러고 보니 예고 동영상에서 시한폭탄이라는 이야기는 한마디도 안 했었지…. 입체 주차장에서 사용된 것이 그래서 멋대로 그렇게 생각한 것뿐이지."

유라 경부는 그렇게 말했지만, 아니다. 멋대로 그렇게 생각한 게 아니라 우리를 교묘하게 유도한 거다. 하지만 '학예사9010'은 유라 경부의 지적대로 '같은 스케일의 폭탄'이라고만 말했다.

최소한의 화력으로 최대한의 효과를.

지하 터널에서 일어나는 폭발은 거의 지진이나 다름이 없지 않나…. 그리고 바로 아래에서 그 규모의 폭발이 일어나면 내진 성능에 심혈을 기울인 건조물로는 도무지 보이지 않는 이 미술관이 원형을 유지할 수 있을 것 같지는 않다. 화재가 일어나지는 않겠지만 최소한 반파될 것이다. 굳이 말하자면 새까맣게 그을리기는 했어도 기울어지지도 않은 입체 주차장과 정반대의 결과가 나올 거다.

비교 실험….

"미술관 **안에** 폭탄을 설치한다는 말두 하 적이 없고…, 미술관을 타깃으로 하겠다고만 했지…."

복잡한 얼굴로 유라 경부가 신음했다.

하지만 보통은 그렇게 생각할 거다. 입체 주차장에서 '데몬스트레이션'을 선보이고 난 뒤이니 더더욱… 하지만 노리는 게 내부에 있는 전시물이 아니라 건물 전체라면 외부에서 공격하는 것은 실로 합리적이라 할 수 있다.

"토비라이 경부보는 이곳까지 오는 교통수단으로 지하철을 이용했었는데, 지금 생각해 보니 그건 사전답사였을지도… 하, 하지만 지하 터널은 상당히 튼튼하게 지어져 있지 않습니까…? 정말 거기서 폭탄을 사용한다고 이 건물이 무너지거나 할까요…?"

하라키 순사가 의아하다는 투로 말했다. …아니, 의아하다기보다는 그 황당한 생각을 믿고 싶지 않은 것일지도 모른다. 그렇다. 지하 터널을 폭파한다고 이 미술관에까지 효과가 미칠지 어떨지는 해 봐야만 알 일이다. 지금의 추리는 어디까지나 '9010'의 설계도를 바탕으로 한 것이다.

실제로 해 보니 완전 멀쩡하거나 선반에서 전시물이 떨어지는 수준에 그치는 등, '9010'이 의도한 바와 다른 결과로 끝날지도 모른다. 토비라이 경부보의 현재 정신 상태를 생각하면 계산을 잘못했을 수도 있다.

어느 정도 각도로 기울어지는 데서 그치더라도 건물로서 기능하지 못하게 되면 그걸로 충분하다고 생각할 가능성도 있다. 지금 하고 있는 것은 어디까지나 가능성을 더듬는 것이나 다름없는 추리다. 확신을 가지고 말할 수 있는 건 아무것도 없다.

하지만 확실하다고 단언할 수 있는 것이 하나 있다.

그런 계획이 실행되면 지하철에 탄 승객들은 틀림없이 모두 죽는다.

오후 8시.

러시아워까지는 아니더라도 그럭저럭 붐빌 이 시간대에 얼마나 많은 승객들이 타고 있을지는… 생각하고 싶지도 않다.

"토비라이 경부보는… 사, 사상자를 낼 생각은 없는 것 아니었습니까…?"

"아마도… 절대로 다치게 하고 싶지 않은 대상은 어디까지나 동료로 한정되어 있는 거겠죠. 죽이고 싶지 않은 '사람들'의 범위에는 폭탄 처리반의 멤버들, 넓게 잡아도 수사진까지밖에 포함되어 있지 않을 거예요."

기둥에 묶였던 쿄코 씨와 나, 그리고 마치무라 관장을 비롯한 미술관 직원들은 '최악의 경우에는 죽어도 상관없다'고 생각했으리라…. 농성을 벌이던 직원들을 대피시키는 데 집착한 것은 그들이 그곳에 있는 한, 동료들 또한 대피할 수 없기 때문이었나.

아니면 동료만 살아남으면 부자연스러워 보일 테니 우리와 직원늘노 숙세 둘 수 없었던 건까…. 사상자를 내지 않는다는 미학… 이랄까, 그 사상은 알고 보니 위장에 불과했다.

다시 말해서 그것마저도 거짓이었다.

입체 주차장 일도 마찬가지다.

필요하다면 어떠한 희생이라도 치른다.

아니, 목적이 목적인 만큼 희생자의 수가 많은 편이 화제가 되어 사람들의 이목이 집중될 것이라고까지 생각하는 것은 아닐까…. 거기까지 생각하자 좀 전에 쿄코 씨를 대피시키려고 내가 썼던 비겁한 논법이 엄청나게 역설적으로 느껴졌다.

토비라이 경부보를 막지 않으면 사상자가 발생한다. 그것도 잔뜩.

자동차도, 예술작품도, 건물도 아니다.

인간이 죽는다. 아무 상관도 없는 사람들이.

"기관사에게 연락해서 막을 수는 없는 건가?! 철도 회사에 연락하면…."

유라 경부가 초조한 투로 지시를 날리려 했지만… 이내 거두어들였다.

"아니지, 열차가 멈추면 계획이 탄로 났다는 걸 알아채고 그 자리에서 기폭 스위치를 누를지도 몰라. 그렇게 해도 충분히 효과는 있을 거라 생각할지도 모를 일이지. 지금의 토비라이 경부가 정상적인 판단을 내릴 수 있을 것 같지는 않으니."

"하, 하지만 그런 짓을 하면, 토비라이 경부보 본인도 죽지 않습니까? 폭사⋯."

새삼스러운 이야기다. 어딘가 멀리서 자살하지 않을까 했던 나의 감상적인 생각이, 어쩌다 보니 맞아들었다. ⋯그 어딘가가 코앞인 **이곳**이었을 뿐이다.

폭발 타이밍을 확실하게 조절하려면 자신도 열차를 타는 수밖에 없다고 그녀는 자신을 설득했을 것이다. 폭탄만 열차에 설치한다면 수상한 물건으로 처리될지도 모른다며 자신이 죽어야만 하는 이유를 궁리해 냈을 거다.

물론 그 논리는 옳다. 하지만 잘못됐다. 죽고 싶은 마음에서 다다른 종착점이다.

아무도 원망하고 있지 않다고 토비라이 경부보는 단언했었다. 그것은 진심일지 모른다. 하지만 실제로 죽는 것은 원망하고 있지 않은, 아무 죄도 없을뿐더러 아무 상관도 없는 사람들이다.

그런 소리를 하다 보니 시각은 어느새 오후 7시 55분⋯ 사이에 놓인 두 개의 역 중 하나를 통과했을 즈음이다. 아무리 가장 빠른 탐정이라도 열차보다 빨리 달리지는 못한다. 정차 중인 역에서 폭발하는 게 아니라 주행 중에 폭발한다는 점이 최악이다. 폭발 후, 달리는 불덩이로 돌변하지 않을까?

앞으로 5분.

5분이 아니라 앞으로 300초, 초 단위로 표현해도 거부감 없이 받아들일 수 있는 시간만 남은 상황에 사상자는 나오지 않을 것이라는 유일한 바람조차 사라졌다. 추리를 하면 할수록 절망적인 상황으로 치닫고 있다.

"이렇게 된 이상…."

풀어야 할 수수께끼가 완전히 없어지자 오히려 궁지에 몰리고만 망각 탐정이 결국 체념 섞인 말을 입 밖에 냈다.

"양심에 희망을 거는 수밖에 없겠네요."

43

'300….'

경찰서에 있는 친구에게조차 말하지 않았던 폭탄의 소재를, 직접적으로 말하지는 않았어도 노골적이라 해도 좋을 정도로 넌지시 알려 주고 말았던 일을 '학예사9010', 다시 말해서 토비라이 경부보는 의아하게 여기고 있었지만, 마찬가지로 의아하게도 후회는 되지 않았다.

무의미하게, 심심풀이를 하듯 자기분석을 해 보니, 어쩐지 인정을 받은 것 같아서 기뻤던 모양이다. 폭탄 처리반의 에이스로 인정받은 게 기뻤던 게 아니라 범죄자로서 인정받은 게 기뻤다. 쿄코 씨 역시 경찰서에 있는 친구에게 이쪽의 가정 사정을 들었을 텐데 '불쌍한 사람' 취급하지 않았다. '딱한 처지의 피해자' 취급하지 않았다. 젊은 에이스로서 칭찬받을 때보다 다른 범죄자들과 같은 기준으로 단죄斷罪되자 제대로 평가를 받은 듯한 기분이 들었다.

그녀를 끌어들인 건 정말로 단지 시간을 벌기 위한 동기를 날조하기 위해서였을까? 그런 생각도 들었다. 하루면 기억이 리셋되는 망각 탐정의 소문을 들었을 때, 부럽다고 생각한 적도 있다. 잊고 싶은 일이 한가득이었기 때문이다.

하지만 이유는 그뿐만이 아닐 거다.

어쩌면 정말로 막아 주길 바랐던 건지도 모른다. 경찰이든 탐정이든 상관없다, 동영상을 보고 있는 당신이라도 좋다고 말했지만.

이제 와서 생각해 보니.

당신이 막아 주길 바랐다.

'275….'

자기분석이 자기연민으로 변하기 전에 생각을 전환했다. 어차피 이미 늦었다. 토비라이 경부보는 이미 7시 53분발 쾌속 열차에 탑승했다. 이제 이 편리한 공공교통기관이 토비라이 경부보를 알아서 폭심지까지 데려가줄 거다.

몇 번이나 계산했나.

이 열차는 정말로 오후 8시 정각에 마치무라시 현대미술관의 바로 밑을 통과한다. 물론 무슨 수를 써도 메울 수 없는 오차는 있을 테지만… 뭐, 어떤 시계든 오차는 있다. 그것을 염두에 둔 규모의 폭약을 토비라이 경부보는 끌어안고 있었다. 말 그대로 '끌어안고 있었다'. 어쩌면 입체 주차장을 폭파한 폭약과 '같은 스케일'이라고 하기에는 살짝 화약의 양이 많을지도 모르지만, 그 정도는 애교로 넘겨도 되리라.

'250….'

그때, '수상한 사람이나 물건을 발견하신 분은 승무원이나 역무원에게 알려 주십시오'라는 내용의 차내 방송이 흘러나왔다. 수상한 물건이라. 토비라이 경부보에게 자신의 영역이라기보다는 아이덴티티라 할 수 있는 입체 주차장은 둘째 치고, 미술관에 폭탄을 반입해 폭탄 처리반 동료들의 눈을 피해 들키지 않고 설치하는 것은 결국 불가능했겠지만, 그 조건은 열차라고 크게 다르지 않았다.

그래서 직접 열차 안으로 반입했다. 그 핑계로 자살하려는 것뿐인지도 모른다는 사실을, 그녀도 자각은 하고 있었다. 하지만 토비라이 경부보는 이제, 자살해서는 안 될 이유가 하나도 떠오르지 않았다.

작은 배낭에 넣은 수제 폭탄을 열차 안에서의 매너에 따라 등에 지지 않고 앞으로 짊어지고(앞으로 짊어진다고? 그게 말이 되는 소리인가?) 그 위에 평소의 간소한 패션과는 전혀 센스가 다른, 임부복을 껴입었다. …다시 말해서 임신부로 위장했다.

꼭 운반책이 된 것 같다.

임신부를 수상하다고 여길 사람은 없다. 아기를 수상한 물건이라고 생각할 사람은 없다. '배에 아기가 있어요' 배지는 그만큼의 영험을 지녔다. 취급에 주의가 필요한 것으로 따지면 폭발물은 분명 태아에 필적할 것이다. 뭐, 폭발물이 아기만큼이나 민감하다는 사실은 그렇다 치고, 잘 생각해 보니 이번 사건에 사용된 지식 중 태반은 경찰에서 얻은 것이다. 그것만으로도 자신은 두 번 다시 수사에 관여할 자격이 없다.

언젠가 함께 수사를 할 수 있을 거라고 망각 탐정은 말해 주었지만, 아무리 그래도 그럴 수는 없는 것이다. 쿄코 씨가 잊어 준다 해도 이쪽이 잊을 수 없을 테니. 평생. 그 평생도 이제….

'200….'

그래서 그런 차내 방송을 의식에서 차단했다. 다음 역은 현대미술관 앞, 현대미술관 앞입니다…. 그런 소리를 한들 어차피 그 역에 노산살 일은 없을 데니까.

지문은 신경 쓰지 않아도 될 테지만(수상한 인물을 찾고 있는 현재 상황에서는 장갑을 끼고 있는 편이 눈에 띌 거다), 당연히 옷만 갈아입은 게 아니라 머리 모양도 바꾸고(헤어 익스텐션(붙임머리)을 붙였다… 익스텐션!) 특징적이었던 큼직한 선글라스도 벗었다. 그런 걸 쓰고 있으면 찾아내 주십시오, 라고 광고하는 것과 다를 게 없을 테니. 빛으로 가득한 불편한 세계 때문에 눈이 아파 왔지만, 이제 3분 남짓만 참으면 된다.

주변 사람들이 시력을 잃었다는 걸 알아챘을 리는 없다. 점자 블록도 일부러 피하고 있으니. 얄궂게도 익스텐션과의 '산책'이 더없이 좋은 훈련이 되었고, 솔직히 말해 최근 들어서는 스마트폰을 응시하는 데 여념이 없는 통행인 여러분보다 내가 더 앞을 잘 본다는 자부심이 있었다.

그림자가 보인다. 어둠이 보인다.

어둠밖에 안 보인다.

'150….'

얄궂은 이야기를 하자면 경찰서에 있는 친구가 말하기를, 쿄코 씨가 토비라이 경부보의 동기를(본래는 사후에 발각될 예정이었던 동기를) 알아챈 것은 역시나 실수로 흘린 지망 동기 때문이었다는 모양이다. 그때 꾸물꾸물 움직여 그 사실을 복부에 그림물감 같은 걸로 적었던 것이다. 복부를 메모장으로 사용한 망각 탐정과 복부에 폭탄을 품은 '학예사9010'이라는 비교도 의외로 재미있다. 나중에 그 사실을 알게 되면, 망각 탐정도 자신처럼 실소를 지어 줄까.

'120⋯.'

2분 남았다.

막연히 예상했던 것보다 훨씬, 아무런 후회도 느껴지지 않는다. 좀 더 망설여질 줄 알았는데, 사실 코앞에 닥치면 겁이 나지 않을까 기대도 하고 있었는데, '지금이라도 늦지 않았으니 이런 짓은 그만두자'라는 생각은 전혀 들지 않았다. 친구의 설득이 전혀 마음에 와닿지 않은 것 이상으로, 스스로 자신을 설득할 수가 없다. 이제 겨우 죽을 수 있겠다는 생각밖에 안 든다.

편해질 수 있는 것도 행복해질 수 있는 것도 아니지만, 무無로 돌아갈 수 있다.

아버지에 관한 일도, 가정의 붕괴도 미술관 자체에 대한 갑갑한 마음도 사실은 아무래도 좋았던 거다. 죽고 싶었던 것뿐이다.

20년 전부터 계속.

'100… 99… 98….'

그럼에도 만약 익스텐션이 말을 할 수 있었다면, 말을 해서 말려 주었다면 멈췄을까, 따위의 바보 같은 생각이 들었다. 아무래도 익스텐션이 병을 앓고 있다는 것도 들통난 것 같으니, 그 아이가 좋은 여생을 보냈으면 좋겠다…. 잘 생각해 보니 안내견인 척 하루하루 산책을 시킨다는, 인간의 감상적인 행동에 억지로 어울리게 하고 말았다. 이쪽이 멋대로 통하고 있다고 생각한 것뿐인지도 모른다. 아픈 개를 억지로 끌고 다닌 것뿐인지도 모른다. 시력을 두 번 잃은 듯한 기분이 들었지만, 두 번째 때는 마음까지 절반 잃은 듯한 기분이었다. 매니큐어는 앞으로도 경찰견으로서 활약해 주었으면 좋겠다. 폭탄 처리반의 에이스가 될 수 있었던 것은 그림자가 보이는 이 눈 덕분이기도 하지만, 결국 그 아이의 능력 없이는 불가능한 일이었다.

'경찰견'이 아니라 말 그대로 '범죄자의 개'로 매니큐어가 살처분당하지는 않을까, 하는 것이 유일하게 불안하기는 했지만 쿄코 씨가 그런 식으로 협박을 해서… 협박해 준 덕분에 그 불안감은 오히려 없어졌다.

그 통화를 옆에서 듣고 있었을 폭탄 처리반의 멤버들이 그렇게 되지 않도록 배려해 줄 거다. 쿄코 씨가 거기까지 계산하고 협박했다고 추측하는 건 지나친 억측일까? 하지만 그 망각 탐정

226

은 그 정도로 야무진 사람일 거다. 가장 빠른 사건 해결을 목표로 하면서도 언제나 최악의 결과도 염두에 두고 있을 것 같다.

'60… 50… 40….'

남은 시간이 1분 미만이 되자, 끝이 빠르게 다가왔다.

아아.

정말로 갈 데까지 갔구나, 나는.

이 마당에 와서도 그만두자는 생각이 조금도 들지 않았다. 아슬아슬한 순간이 되면 뭐라고 해야 할지… 그래, 양심 같은 것이 기능하지 않을까 싶었지만 이렇게까지 아무렇지도 않을 줄이야.

완전범죄를 해냈다는 성취감도 없다. 느껴지는 것은 1초마다 사라져 가는 것만 같은, 걷잡을 수 없는 상실감뿐이다.

애초에 완전범죄라니? 붙잡히지 않았을 뿐, '완전범죄'와는 거리가 멀었다. 설계도대로 된 일은 아무것도 없었다. 애초에 범죄 요건은 모두 들통났다. 하나도 남김없이. 아마도 아버지를 핑계 삼아 죽으려 하고 있다는 것까지 들통났을 거다. 그로 인한 부끄러움만으로도 죽고 싶은 심정이다.

'30… 29… 28… 27… 26… 25… 24… 23… 22… 21….'

한순간이라노 환진빔끼리 생가했다는 사실이 정말로 부끄러우니… 그래, 억지로라도 다른 생각을 하자.

미술관에 폭탄은 없다는 힌트를 받은 쿄코 씨는 지금쯤, 진상에 도달했을까? 뭐, 그건 어느 쪽이든 상관없다. 충고한 대로 잘 대피해 주었으면 좋겠는데. 폭탄 처리반 사람들을 폭사시키는 일만은 피하려고 갖은 애를 썼지만, 지금은 쿄코 씨와 표현은 좀 그렇지만 덤으로 그녀의 파트너 역할을 한 카쿠시다테 청년도 살아남았으면 좋겠다.

그런 식으로 생각할 수 있는 상대가.

더 많았더라면, 내 인생도, 달라졌을까….

'19… 18… 17… 16….'

'15… 14… 13… 12….'

'11… 10… 9….'

"저기~ 언니. 괜찮으시면 여기 앉으세요."

그때.

정면에서 그런 목소리가 들려왔다.

오후 8시 3분.

쾌속 열차가 마치무라시 현대미술관에서 가까운 역에 도착했다는 소식이 들어왔다. 대기하고 있던 경찰들이 차내에서 내린 용의자, 토비라이 아자나를 구속했다는 보고였다. 전혀 저항하지 않고 얌전히 연행되었다는 이야기를 들은 순간, 나는 다리가 풀린 듯 그 자리에 주저앉고 말았다.

한심해 보일지도 모르지만 정말로 마음이 조마조마했다. 쿄코 씨는 그런 나를 보고,

"무리하지 말고 대피하지 그러셨어요."

…라면서 놀리듯이 웃었다. 그러는 그녀도 안심한 듯 미소를 지었다.

쿄코 씨가 대피하지 않았는데 나만 대피할 수 있을 리가 없지 않습니까, 라고 나는 반박했다. 쿄코 씨와 나뿐만이 아니다. 유라 경부와 하라키 순사, 폭탄 처리반 멤버들과 수사진 중 태반이 대피하지 않고 마치 낮에 농성을 하던 미술관 직원들처럼 카페 구획에 집합해서 마른침을 삼키며 그때가 되기를 기다렸다.

그때.

지하에서 폭파가 일어날 순간이 아니라… 토비라이 경부보가 면밀하게 준비해 온 범행을 중단할 순간을 기다렸다.

양심에 희망을 거는 수밖에 없다.

쿄코 씨는 그렇게 말했다. 하지만 그것은 토비라이 경부보의

양심에 희망을 걸겠다는 뜻이 아니었다. 이대로 가다가는 사건에 휘말릴 '아무 상관도 없는 사람들'의 양심에 희망을 걸어 보자는 뜻이었다. 차내로 폭탄을 반입하려 한들 그게 그렇게 간단한 일은 아니다.

평소에도 역무원들이 감시의 눈을 번뜩이고 있는 가운데 수상한 물건을 반입하려면 임신부로 위장하는 수밖에 없을 거라고 쿄코 씨는 과감하게 단언했다. 하지만 폭탄 처리반 멤버들은 그 말을 부정하지 않았다. 그녀를 잘 아는, 그녀가 결코 휘말려들게 하지 않으리라 생각했던 멤버들은, '토비라이 경부보는 수사관으로서의 경험을 살릴 것이다'라고 예상했다. …운반책 말이다.

그렇다면 물건의 모양새가 흐트러지지 않게 유지하기 위해서라도 토비라이 경부보는 열차 좌석에 앉지 않을 것이다. 러시아워는 아니라지만 열차는 붐빌 시간대니, 서서 손잡이를 잡을 거다.

내부가 그런 상황이 아니라면 거기서 끝이라는 한계가 있는 상황 설정이었지만 만약 그런 상황에, 가까이 있던 승객이 자신에 관한 일로 머릿속이 복잡한 토비라이 경부보에게 자리를 양보하겠다고 한다면… 임부복을 입고 있는 토비라이 경부보는 알아채 줄지도 모른다.

지금, 자신이 길동무로 삼으려는 사람들이, 인간이라는 사실을.

'아무 상관도 없는 사람들'이라는 사실을.

상관 관계가 생겨나면… 그게 브레이크가 될 거다.

배가 부른 여성이 있으면 당연히 자리를 양보한다. 그런 정도의 양심에 쿄코 씨는 희망을 걸었다.

목숨을 걸었다.

"대피했어도 결과는 같았을 텐데 여기서 결과를 기다리다니… 돈 한푼 나오지 않는 짓도 하시는군요."

역시나 안심한 것인지 유라 경부가 비아냥거리는 투로, 야유로도 들리는 말을 건넸다. 그러자 쿄코 씨는 어깨를 으쓱하며.

"예고 시간인 오후 8시에 제가… 그리고 여러분이 이 장소에 있었다는 게, 향후 토비라이 경부보에게는 브레이크가 되어 줄 거라고 생각했거든요."

그렇게 답했다.

"어쩌면 앞으로 나아가기 위한 액셀일지도 모르고요."

그 시점에 그런 앞날까지 생각하고 있었던 건가.

그렇다면 누가 뭐래도 그 선행투자야말로 망각 탐정다움이 넘쳐 나는, 천금보다 값진 가장 빠른 행동일 것이다.

성실시에 있는 친구에 이어 '하예사9010', 토비라이 아자나 경부보를 면회하러 온 것은 의외의 인물이었다. 망각 탐정 오키테가미 쿄코.

정말로 의외였다.

하루면 기억이 리셋되는 망각 탐정은 이미 어제 있었던 소동에 관한 걸 말끔히 잊었을 텐데?

"아뇨, 아뇨. 그 후로 아직 한숨도 안 잤거든요. 저한테는 아직 오늘이에요."

그런 논리가 통하는 건가.

듣고 보니 조금 졸린 듯한 목소리였다. 피로도 남아 있을까. 하지만 같은 옷을 입은 적이 없다는 소문이 도는 그녀의 패션은 건재해서… 그런 쿄코 씨와 아크릴판을 사이에 두고 헌옷이나 다름없는 수의囚衣에 힐도 벗은 상태로 마주하기가 다소 거북했다. 멋을 부리는 데는 그다지 관심이 없었지만 굉장히 비참한 기분이 들었다. 이게 무슨 형벌일까.

폭파해 사라지고 싶어지는 벌?

뭐, 상관없다. 만약 가능하다면 쿄코 씨에게 묻고 싶은 게 있었다. 그럴 기회는 없을 거라고 포기하고 있었지만, 그녀가 무슨 생각으로 면회를 왔건 이 절호의 기회를 놓칠 수는 없다.

"그나저나 쿄코 씨. 용케도 저를 믿어 주셨군요. 미술관에는 폭탄이 없다는 말을 곧이곧대로 믿을 줄은 몰랐어요."

"제가 믿은 게 아니에요. 지금 이 순간까지도, 제게 있어 당신은 얼굴도 뵌 적이 없는 상대였으니까요. 제가 아니라 다른 분들이 당신을 믿었죠…. 수사 지휘관인 유라 경부님도, 폭탄 처리반 멤버들도 당신이 '9010'으로 판명되고서도 시종일관 당신을 '토비라이 경부보'라고 계급을 붙여서 불렀어요."

"……."

"그래서 끝까지 대피를 유도하려고 했던 당신의 말은 분석할 가치가 있는 수사 정보라고 생각했죠."

과연….

지금의 쿄코 씨는 잊었지만 '9010'의 서명을 통해 호칭에 관한 사실을 알아채고 범인을 경찰 내부의 사람으로 단정했을 때와 같은 이치로 추리를 한 건가. 그때는 과정이 잘못된 추론이었지만 이번에는 정곡을 찔렀다는 사실을 인정해야겠다.

그건 경찰로서 유도한 것이었다.

아무튼, 물어보고 싶었던 건 그게 아니다.

"…쿄코 씨, 대체 뭘 했던 거죠?"

"으음? 뭘 했냐니요?"

"시치미 떼지 마시죠. 그때 분명, 저는 자리를 양보받았고… 그래서…."

"마음을 돌렸다?"

"…그래요, 마음을 돌렸죠. 그렇게 생각하면 당신은 분명 도

빅에서 이겼다고 할 수 있어요…. 하지만 우연치고는 타이밍이
너무 절묘하지 않았나 싶거든요."

폭발 사고로 시력을 잃은 이후, 열차에서 자리를 양보받은 적
이 없지는 않다. 하지만 그 빈도는 결코 잦지 않았다. 착한 척
하는 것처럼 보이는 게 쑥스럽기도 할 테고, 상대가 사양할지도
모르기 때문에 꽤나 용기가 필요한 행동이기 때문이다.

실제로 입체 주차장에서 미술관으로 향할 때, 연습 삼아 지하
철을 이용했을 때만 해도 양보하는 사람은 없었다. 계획에 없던
사고며 계산 착오는 많았다. 그만 말실수를 해 버린 적도 있었
지만, 그런 불상사들과 별개로 그 일이 일어난 타이밍은 너무도
좋지 않았다.

동시에 너무도 타이밍이 좋았다.

그저 공교롭게 일어난 일로 '9010'의 설계도가 좌절되었다는
것을 납득할 수 없다는 마음도 있었다. 끙끙 앓으며 하룻밤을
보냈다. 그래서 예기치 않게 찾아온 쿄코 씨에게 묻지 않을 수
없었다.

당신이 무슨 짓을 한 건 아닌가요, 라고.

"절 너무 과대평가하시네요. 저는 그냥 전화를 한 통 건 것뿐
이에요. 철도회사를 통해, 차장분과 이야기를 나눴죠. 한두 번
정도, 차내 방송을 많이 틀어 달라고 부탁을 드렸어요."

"차내 방송?"

"수상한 사람이나 수상한 물건을 발견하신 분은 승무원, 혹은 역무원에게 알려 주십시오. 교통약자석 주변에서의 휴대전화 사용은 삼가 주십시오. 임신부, 몸이 불편해 보이는 분에게 자리를 양보해 주십시오."

…추욱, 어깨가 절로 처졌다.

그랬구나.

잡음으로 단정하고 시계의 초침에 집중하기 위해 승차하자마자 의식에서 차단했던 차내 방송.

익숙한 메시지를 담은 방송을 반복함으로써 승객들의 선의善意를 자극했다…. 단지 전화 한 통으로.

"현대인이 잊은 양보의 정신을 망각 탐정이 일깨워 줬다, 이거군요."

"확률을 살짝 높인 것뿐이에요. 운에 맡긴 거나 다름없었죠."

"…그런데 저에게 자리를 양보해 준 건, 어떤 승객이었나요?"

"여고생이에요. 안심하세요, 당신에 관해서는 말하지 않았으니까요."

"그래요. 그거 다행이네요."

역시 가장 빠른 탐정, 한발 앞서서 대답을 해 준다.

목소리로 미루어 아직 10대이겠구나 싶었지만, 자리를 양보한 상대가 가짜 임신부인 것도 모자라 폭탄마였다는 경험을 그 아이에게 안겨 주고 싶지 않았다. 앞으로도 곤경에 처한 사람에게

자기를 양보하는 승객이었으면 좋겠다,

뭐… 임부복은 위장을 위해 입었지만, 몸이 불편하다는 것은 분명한 사실이니까.

"그래서… 쿄코 씨는 무슨 일로 오셨죠?"

이제 미련은 없어졌다. 속이 시원해졌다. 저쪽이 이쪽의 질문에 답해 주었으니 더 이상 묵비권을 행사할 수는 없는 노릇이다…. 뭐 하러 온 걸까. 혹시 승리 선언으로 앙갚음을 하러 온 걸까. 확실히 전화로 이야기할 때는 살짝 말이 지나쳤을지도 모르지만, 위닝 런*을 하려고 굳이 밤을 새웠다면 산뜻해 보이는 겉모습과 달리 의외로 집요하고 뒤끝이 있는 사람이라고 해야 할 거다….

"에이, 설마요. 보여 드리고 싶은 영상이 좀 있어서요."

"영상, 이라고요?"

"네. 하라키 순사에게 태블릿 PC를 빌려 왔어요. 액세서빌리티*라고 하나요? 화면 밝기를 제일 낮게 설정하면 보실 수 있죠?"

"네, 뭐, 희미하게요. 명암 차이를 통해 그림자 그림처럼 볼 수 있죠."

※위닝 런(winning run) : 육상 트랙 경기나 자동차 레이스 등에서 우승한 선수가 관객의 성원에 답하고자 트랙을 한 바퀴 천천히 도는 퍼포먼스.
※액세서빌리티(accessibility) : 장애인 등이 다른 사람들처럼 물리적 환경, 수송기관, 정보통신 및 그 밖의 시설, 서비스를 이용할 수 있게 하는 것. 접근성 개선 조치.

236

안구를 보호하는 기구라 수의 차림이라도 선글라스를 장착하는 것은 허가되었다. 아크릴판을 사이에 두고 있기도 하고, 어슴푸레한 면회실 안에서라면 태블릿 PC의 화면도 눈부셔서 안 보일 정도는 아닐 것이다.

"으음, 이거, 어떻게 조작해야… 아아, 이렇게 하는 거군요."

애를 먹고 있는 모양이다.

과연, 아마도 사건 현장의 검증 영상이라도 보여 주려는 모양이다. 세세한 증거와 증언을 추려내는 작업까지 마쳐야 업무 종료라고 보는 것이라면, 오키테가미 탐정 사무소의 애프터케어 태세는 정말이지 충실하다고 해야 하리라.

"…아참. 토비라이 경부보님."

이미 '전직'이 되었지만 쿄코 씨는 다른 사람들에 맞추려는 것인지 그렇게 불러 주었다.

"미리 말씀드리자면, 매니큐어는 당분간 경찰견으로서의 활동을 쉬게 되었어요."

"…그런가요."

어쩔 수 없는 일이다. 살처분당하지 않은 것만 해도 다행이다. 어쩌다 보니 익스텐션만 신경 쓰고 말았다. 그 아이가 어떻게 될지를 좀 더 진지하게 생각해 줬어야만 했다. 더 많이 고민해서. 하다못해 사건을 일으키기 전에 다른 사람과 한 팀이 되게 해 주었더라면.

"아깝게 됐네요."

"아뇨, 아뇨, 아주 경사스러운 일이에요. 왜냐하면 새끼가 생겼거든요."

"네?!"

큰 소리로 얼빠진 목소리를 내고 말았다. 뒤에 선 감시관의 눈총을 받고 허둥지둥 목소리를 낮췄다. …하지만 마음대로 되지 않았다.

"새끼요?!"

"네. 수의사 면허를 가진 펫숍에 맡겼었다는 이야기는 들으셨나요? 익스텐션이 병을 앓고 있다는 것도 그 덕에 밝혀졌는데… 거의 동시에 매니큐어가 임신했다는 사실도 밝혀졌어요."

"……."

"주인과 달리 경찰견치고는 배가 불룩하다 싶었거든요. 물론 저랑도 딴판이지만요."

아니, 쿄코 씨의 배는 아무래도 상관없는데… 벌어진 입이 다물어지질 않는다. 나는 지금 얼마나 얼빠진 표정을 짓고 있을까.

대체 누구의 새끼지? 뻔하다. 접점이 있는 건 익스텐션뿐이다.

두 마리 모두 자손을 남겨야만 하는 혈통서 딸린 업무견이라 중성화나 피임 수술은 하지 않았지만, 그렇다 쳐도… 그런 것도 못 알아챌 정도로 이상해졌던 건가, 라는 생각이 들어서 나는 새삼 놀랐다.

이번 일에서 저지른 어떤 실수보다도 부끄러웠다.

짓궂게도 그렇게 당황한 내 모습을 한참 동안 즐긴 후, 쿄코 씨는 "그러니 매니큐어는 당분간 출산 휴가예요. 복리후생은 제대로 지켜져야 하니까요."라고 말했다.

임신부… 배에 아기가 있어요.

"그런고로 하다못해 새끼의 얼굴을 볼 수 있을 때까지 익스텐션에게 연명 치료를 하고 싶은데요, 그 허가를 주인인 딩신에게 받으려고요."

"그, 그건… 그래 주시면, 고맙죠. 이렇게 부탁드릴게요."

당황해서 머리가 전혀 돌아가지 않았지만, 일단 고개를 숙였다. 그 말을 들은 쿄코 씨는 "다행이네요."라고 말했다.

"태어나면 안아 주세요."

"…잔인한 사람이네요, 당신은. 원망하겠어요."

고개를 든 토비라이 전前 경부보는 태어나서 처음으로 원망 섞인 말을 입 밖에 냈다. 죽을 수 없는 이유가 생기고 말았다. 유치장 안에서 걱정 없이, 미련 없이, 속 시원하게, 남몰래 죽을 수 없는 이유가…. 태어나면 안아 주세요, 라니.

전화로 들었던 협박보다 훨씬 강한 협박의 말이었다.

"우후후. 그럼 언젠가 복수하러 와 주세요. 언젠가, 언제든지. 저는 깔끔하게 잊었을 테지만요."

"당신한테는 못 당하겠네요, 쿄코 씨."

이번에야말로.

거짓 없는, 진심에서 우러난 말이었다.

쿄코 씨는 그런 패배 선언을 산뜻하게 흘려 넘기더니 태블릿 PC 조작에 성공했는지 "아, 이거예요, 이거. 당신에게 어떻게든 보여 드리고 싶었던 동영상은."이라고 말했다.

정말 일에 진심이구나 싶어서 어이가 없어졌지만, 태블릿 PC 화면에 표시된 것은 현장검증 동영상이 아니었다.

"이 동영상을 만들려고 분발해서 밤을 새웠어요. 저는 이런 건 인간의 이기적인 행동이라고 생각하는 쪽이지만, 야쿠스케 씨의 제안으로 시작한 일이거든요. 유라 경부와 폭탄 처리반분들도 협력해 주셨어요."

"……."

동요한 마음이 가라앉지 않은 토비라이 경부보는 자꾸 뜸을 들이는 말에 궁금해져서, 눈을 가늘게 뜨고 아크릴판에 얼굴을 들이댔다.

흑백 반전 필름처럼 어두컴컴하게 인식되는 화면에는 설령 실루엣뿐이라도 잘못 볼 리가 없는 익스텐션과 매니큐어가 비춰져 있었다. 목줄 대신 나비넥타이를 한 익스텐션과 새하얀 베일을 쓴 매니큐어가. 파이프 오르간으로 연주되고 있는 배경음악은 악극왕, 빌헬름 리하르트 바그너가 작곡한 〈혼례의 합창〉 즉,

결혼행진곡이었다.

"펫숍 점장님에게 사정을 설명해서 두 마리를 동물병원으로 데려가기 전에, 간소하게나마 가게에 있는 회장에서 피로연을 열었어요. 속전속결 결혼이네요. 토비라이 경부보님도 출석해 줬으면 했지만, 하다못해 영상만이라도 보여 드릴 수 없을까 하는 안타까운 마음에 저는 밤에도 마음 놓고 잠을 잘 수가 없었다고요."

이런 걸 하려고 밤을 새운 건가.

쿄코 씨만이 아니다. 영상 제작에 협력해 준 사람들도. 나 같은 배신자를 위해서. 심지어 제안자인 카쿠시다테 야쿠스케는… 부조리하게 휘말려든 그가 대체 얼마나 화가 났을지 짐작도 안 될 정도인데.

"어떤가요? 참가자들이 두 마리에게 결혼 선물로 귀여운 새집이라도 선물할까 하는데 토비라이 경부보님, 아는 실력 좋은 건축사는 없으신가요? 피로연을 보고, 천천히 시간을 들여 생각해 보시고 떠오르는 분이 있으면 알려 주세요."

"…그런 말씀을 하신들, 안 보여요."

이미 밝기를 최대한 낮춘 화면에 재생된 그 영상을, 토비라이 전 경부보는 똑바로 쳐다볼 수가 없었다.

"눈부셔서, 하나도 안 보여요."

한동안 세계의 그림자만을 비추었던 자신의 시야가, 오랜만에 빛으로 가득 메긴 것 같았다.
내일을 향한 빛으로.

덧 붙 임

쿄코 씨가 유치장 면회실에서 '학예사9010'과 '첫 대면'을 하는 동안, 나는 같은 건물(경찰서)의 취조실에서 유라 경부에게 취조를 받으려 하고 있었다. 취조실에 왔으니 당연히 취조를 받을 생각이기는 하다.

영락없이 수장고에서 보관용 선반을 발로 차서 쓰러뜨린 것에 대한 문책이라도 하려고 호출한 줄 알았더니, 놀랍게도 그게 아니라 어제의 그 난리통에 마치무라시 현대미술관에서 분실된 전시물이 있는데, 다름이 아니라 내가 절도 용의자로 지목되었다는 듯했다. 마치무라 관장이 어째서인지 나를 지명해서 고발장을 제출하는 바람에 사정청취를 할 수밖에 없게 되었다고, 유라 경부도 난감한 얼굴로 말했다.

으음~ 그렇군.

또다시 누명인가.

설마 누명이 비장의 예술 컬렉션을 그런 식으로 발로 찬 나의 실수를 말끔하게 유야무야하게 만들어 줄 줄이야…. '9010'의 목적은 전시품을 훔치는 것이 아니었지만 그에 편승한 누구든가 있었다는 뜻이리라. 참고로 분실한 작품은 도저히 반출이 불가능힐 민큼 이주이주 커다란 동상이라는데, 혹시 어딘가에 '확삭 백작'이라도 숨어 있었던 걸까?

"어쩌시겠습니까, 카쿠시다테 씨. 탐정을 부르시겠습니까? 마침 근처에 계신데요."

유라 경부가 마치 피의자의 권리라도 읊듯이 직설적으로 내게 물었다. 나는 잠시 생각하다가 "아뇨, 부르지 않겠습니다."라고 답했다.

"이 정도는, 혼자서 어떻게든 해 보죠."

"그러십니까. 그럼 취조를 개시하겠습니다."

쓴웃음을 지은 채 고개를 끄덕인 후, 유라 경부는 태도를 바꾸어 가차 없이, 아주 중요한 질문을 내게 던졌다.

"카쿠시다테 씨, 강아지를 키울 예정은 없으십니까?"

덧붙임 2

익스텐션과 매니큐어의 피로연을 담은 영상 〈멍멍이 결혼식〉은 하라키 순사의 손에 의해 동영상 공유 사이트에 업로드되어, 리셋되는 일 없이 하루도 더 되는 시간 동안 재생수 1위 자리에 계속 머물러 있었다고 한다.

당신도 분명, 보셨겠지요?

오키테가미 코코의 설계도 끝

◈작가 후기◈

건망증이라는 것은 누구나 가지고 있겠지만, 사실 본인이 무언가를 잊는 것 이상으로 문제를 비대화시키는 것은 같은 사실을 주변 사람들은 기억한다는 사실입니다. 이 불균형이 사태를 가속시킨다고 해야 할지, 아니면 정체시킨다고 해야 할지 모르겠군요. 예를 들어 약속 시간을 잊어도 모일 사람들이 모두 그 회합을 까맣게 잊는다면 별다른 사건은 일어나지 않을 테고, 예를 들어 약속한 사람에게 바람을 맞더라도 양쪽 모두 약속이 있었다는 사실을 잊는다면 아무 일도 일어나지 않을 겁니다. 하지만 그렇지 않기에 사건이 일어나는 것이고, 오히려 기억하는 쪽은 상대가 약속 시간이나 약속 자체를 잊은 일이 약속 시간이나 약속 자체보다 문제라고 생각할지도 모릅니다. 엇갈림이나 오해 때문일 수도 있지만, 자신이 소중하게 여겼던 것들을 상대는 아무렇지도 않게 여기고 있다는 걸 안 순간이 인간을 가장 화나게 하고, 경우에 따라서는 모욕당했다고 느끼기도 합니다만, 딱히 소중할 것이라 생각하지 않아서 잊은 것도, 소중하지 않아서 잊은 것도 아니란 것을 냉정할 때는 알고 있는데도, 어째서인지 화가 나 있을 때는 잊게 된다는 말이죠. 그런 건 아무래도 좋아지는 걸까요? 때린 쪽은 잊어도 맞은 쪽은 못 잊는다는 말도 있고, 그 반대도 성립되어서 그때 그렇게나 친절하게 대해 줬는데 벌써 은혜를 잊었느냐고 한들, 그 말을 들은 쪽은 어아이 벙벙해질 수밖에 없죠. 분노로 이성을 잃는다는 말이 있는데, 어차피 잊을 거면 이성이 아니라 분노를 잊었으면 좋겠네요.

그런고로 이번 권은 망각 탐정 시리즈의 열두 번째 작품입니다. 쿄코 씨, 야쿠스케 군과 같은 정규 멤버뿐 아니라 유라 경부와 '양견 아자나'의 시점에서 쓰는 게 생각 외로 즐거웠습니다. 이번 사건뿐 아니라 쿄코 씨가 몽땅 잊어도 야쿠스케 군은 아무것도 잊지 않고, 쿄코 씨에 관한 일을 계속 기억하고 있다는 것은 과연 좋은 일인지 나쁜 일인지, 딱 잘라서 말할 수 없는 문제지만 아무튼 『오키테가미 쿄코의 설계도』였습니다.

이번에 VOFAN 씨가 그려 주신 것은 카페에서 일하는 쿄코 씨입니다. 쿄코 씨가 옷을 마구 갈아입는 사람이라는 사실을 살짝 잊고 있었는데, 이 그림을 봤으니 잊을 일은 없겠군요. 감사

합니다! 다음은 정말로 『오선보』이고, 그다음이 『전언판』입니다.
잘 부탁드립니다.

니시오 이신

출처

본 작품은 이전에 다른 매체에 게재되지 않은 신작 소설입니다.

오키테가미 쿄코의 설계도

저자 니시오 이신

1981년 출생. 『잘린머리 사이클』로 제23회 메피스토상을 수상하며 2002년 데뷔했다.
『잘린머리 사이클』로 시작되는 〈헛소리 시리즈〉, 처음으로 애니메이션화된 작품인
『괴물 이야기』로 시작되는 〈이야기 시리즈〉 등, 작품 다수.

일러스트 VOFAN

1980년 출생. 대만 거주. 대표작으로는 시(詩) 화집 『Colorful Dreams』 시리즈가 있다.
2006년부터 〈이야기 시리즈〉의 표지, 캐릭터 디자인을 담당.

오키테가미 쿄코의 설계도

2023년 8월 10일 초판 발행

저자	니시오 이신
일러스트	VOFAN
옮긴이	정대식

발행인	정동훈
편집인	여영아
편집 팀장	황정아
편집	노혜림

발행처	(주)학산문화사
등록	1995년 7월 1일
등록번호	제3-632호
주소	서울특별시 동작구 상도로 282 학산빌딩
편집부	02-828-8838
영업부	02-828-8986

ISBN 979-11-6947-196-1 03830

값 12,000원